奇諾の旅 III

—the Beautiful World—

時雨沢 恵一
KEIICHI SIGSAWA

插畫●黑星紅白
ILLUSTRATION：KOUHAKU KUROBOSHI

「愛與和平之國」—Power Play—

我是一隻狗，名字叫做陸。我跟著主人西茲少爺四處旅行。這是某天在某個國家時發生的事情。

「怎麼會這樣？」

看到那個國家，坐在越野車駕駛座上的西茲少爺驚訝地問道。一般國家為了預防外敵侵犯自己的生命與財產，都會在四周築起城牆。可是那個國家卻只有阻擋動物用的低矮柵欄。

西茲少爺見了這國家的領導者，並詢問這國家是否擁有遠勝過城牆保護的強大軍隊。對此，領導者則不懷好意地訕笑著說：

「我國並沒有那種野蠻的東西！」

「那要如何保障人民的安全呢？」

西茲少爺正色問道，不愧曾經是個王子。

領導者用相當不屑的口吻說：「你真的很落伍耶！」
「就過去的歷史來說，你們從未遭受過攻擊嗎？」
面對西茲少爺的質問，他說：
「單就我的任內，大概雙手雙腳的指頭加起來都還不夠數，可是我們最後都以和平的方式解決，我想未來也是一樣吧！因此即使面對殺人集團，我們也不需要那種會破壞自然景觀的城牆。」
然後領導者挺起胸膛，對著面露訝異神色的西茲少爺說道：
「因為我們有『愛與和平之歌』。只要吟唱它，自然就不戰而勝了。」
「就好像上廁所沒有鎖門似的，這裡讓我很沒有安全感。」
西茲少爺說出他停留在這國家的感覺。雖然他很想立刻出境，但是為了要修理越野車也只好暫時住下來。

某天早上，這國家突然發生騷動，有消息回報，鄰國大軍不久將越過平原攻打過來。而敵軍似乎也單方面地派出使者通知明天早晨將發動總攻擊。
領導者得意洋洋地跑來找西茲，用挖苦的口氣說道：
「我說旅行者啊，有機會讓你開開眼界了，敬請期待晚上的好戲吧！」
夜幕低垂，柵欄之外可見營區的燈火通明。在正前方，則架好了一座寬廣的舞台，在篝火的映照下十分明亮。腰際佩帶愛刀的西茲少爺在領導者的邀請下，坐在舞台旁的座位，而我則坐在西茲少爺兩腳中間。

敵軍列隊整齊行進，大軍壓境般地站在舞台前方。

「你們這一群只曉得使用暴力的混蛋，明知又會敗在我們手上還來。」

領導者嗤之以鼻地冷笑，並對部屬下了什麼指示。西茲少爺小聲對我說：

「如果有什麼萬一，就照以往的方式逃走。」

這時只見一群人走上舞台。無論怎麼看都像個合唱團。接著就像一般合唱團那樣，在指揮棒的帶動下，他們突然唱起歌來，而且是旋律優美的吟唱。不久舞台上出現一名服裝華麗的女子，在合聲中，開始用清脆的聲音演唱。

歌詞內容提到愛與和平是至高無上的，戰爭是愚蠢的，每個人原本都是心地善良的，應該要放下武器改持農具等等。西茲少爺臉上則露出平常睡太多而頭痛的表情。

突然間，原本站著觀賞的敵軍開始有了變化。所有人都把武器拋到腳下，笑顏逐開地隨著歌聲搖擺身子。甚至給予歌手如雷的熱情歡呼，氣氛在一時之間HIGH到了最高點。

「旅行者請看，他們已經不想再打仗了，因為愛與和平之歌改變了他們的心意。——嗯？是嗎？旅行者，敵軍的使者來傳話了，已經宣佈『決定停止戰爭，等聽完這優美的歌曲馬上撤軍』。那麼，送點吃的跟酒來犒賞他們吧！旅行者何不也丟掉腰際的武器呢？」

面對舞台上可能基於使命感而熱情演唱的美女、穿著軍服歡欣鼓舞的觀眾們，跟洋洋得意而語帶諷刺的領導者，西茲少爺一副若有所思的樣子。

隔天早上，越野車修理完畢，西茲少爺跟我馬上啟程離開。中午的時候追上正在休息的昨天那支軍隊。西茲少爺瞪著用說服者（註：槍械）指著他的士兵，並且拐彎抹角地威脅他說：

「你想對我開槍？你的官階屬最高階級嗎？如果不是的話，應該知道擅自行動會遭到上級的指責吧？」

我們把這句話說了大約五次才被帶到司令官面前。對於屬下無禮的行為，他對我們做了形式上的道歉。

為了以防萬一，西茲少爺先跟他們聲明我們是旅行者，同時也沒有回去那個國家的打算。

「打從一開始，你們就不打算攻擊那個國家吧？」

他如此說道。司令官笑著點頭說：

「是的，那算是慰勞士兵們的。歌詞內容不僅與他們無關，他們也不曉得公開宣戰的事，只要造成騷動就好了。只告訴他們屬國為了感謝我軍的庇護，因此準備了宴會慶祝，還叮嚀他們『剛開始要安靜點』呢！」

「瞭解。那你們真正的敵人是？」

「是山脈後方的大國。那是有著××××這種支離破碎國家體制的邪惡帝國。把他們斬草除根是我們的崇高使命喲！如果那些傢伙侵略了那個國家，我們將以『不正當蹂躪我們屬國』的名義全面發動戰爭。我們是正義的一方，所以鐵定會勝利的！」

回到越野車，我問西茲少爺是否要造訪那支軍隊的國家，他搖搖頭說：

「只想著戰爭的國家也好，沒考慮過戰爭的國家也罷，我都不想拜訪。」

「那很難找到安身處吧？」

「是啊……不好意思，害你得陪我經歷這麼漫長的流浪生活。」

西茲少爺趴在方向盤上，一面看著青空一面說道。

「我是無所謂啦。有西茲少爺在的任何地方都是我的棲身之處。」

我直截了當地回答，西茲少爺只是看著坐在副駕駛座上的我。

「…………」

經過短暫的沉默，西茲少爺終於像平日那樣靜靜地露出微笑並說：

「我們走吧。」

「說的也是。」

然後一如往常地發動了越野車的引擎。

（完）

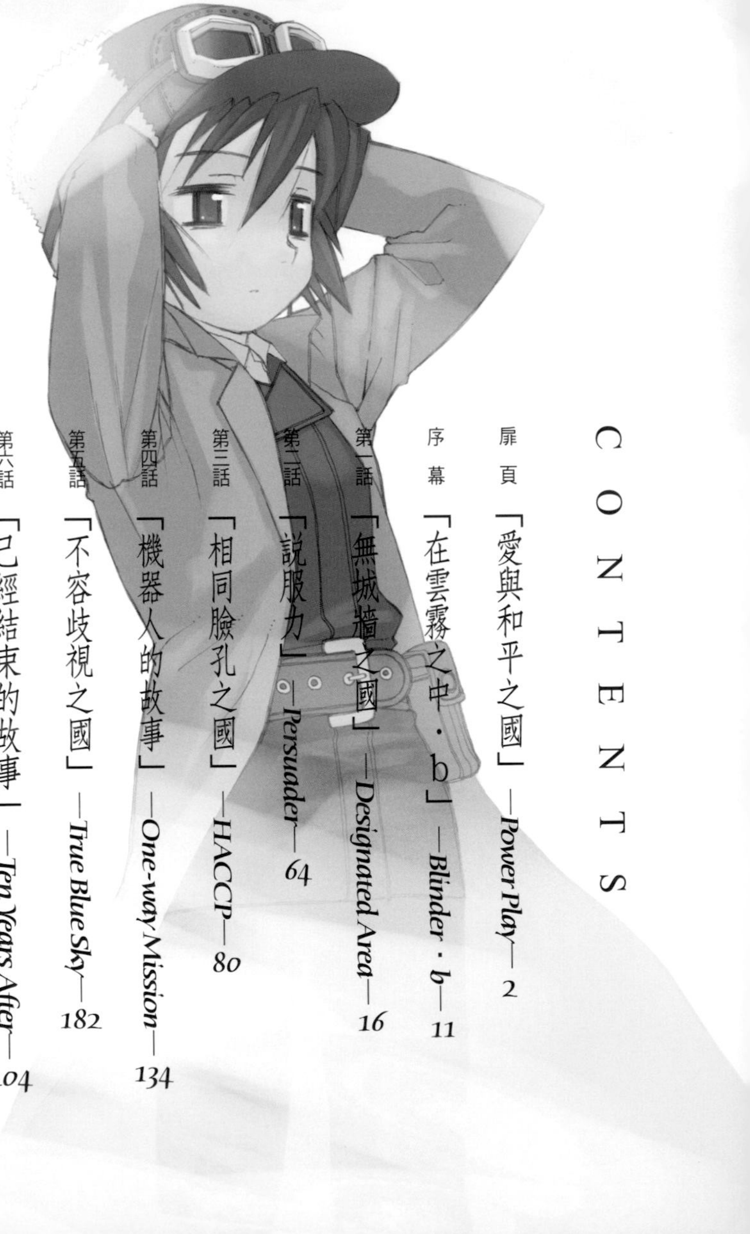

CONTENTS

早就知道嗎？難道不知道嗎？早就知道嗎？

—Where is the terminal?—

序幕「在雲霧之中・b」

—Blinder・b—

好白哦！

上面、下面、右邊、左邊，放眼望去只有一片白。這個空間除了白色之外，就沒有其他顏色。

而低沉的風聲，聽起來像巨大動物的呻吟。

「喂！」

突然傳來一聲像是男孩子的聲音。

「看得到嗎？」

那個聲音對看不見任何東西的空間問道。

「不，完全看不到。」

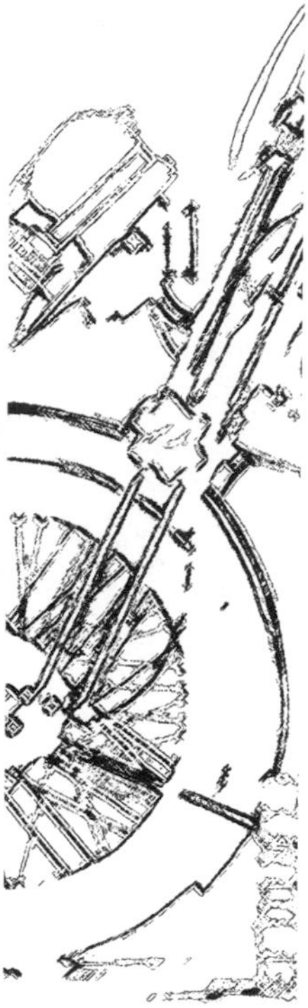

「在雲霧之中・b」
—Blinder・b—

另一個聲音馬上答話。聲調比第一個聲音略微高亢。

「明明這麼近還看不到，看來我們還是暫時別亂動比較好。」

最初聽到的聲音如此說道，另一個聲音則短短地回答「說的也是」。接著又說道：

「什麼都看不到耶！」

語氣聽來有點開心。

「什麼都看不到呢！」

第一個聲音回答道。

此時風聲突然變大了一陣子。

另一個聲音拉低聲調說：

「不過，馬上就會看得到了。」

「應該是吧！」

當第一個聲音說完這句話時，白色世界稍微搖晃了起來，風吹過來的方向也變得略為明亮。

「會不會等一下視線變清楚，而我們眼前卻依然一無所有?不覺得很有趣嗎?」

第一個聲音問道。

「是沒錯啦，不過我知道那是不可能的。」

「視線變清楚之後，打算怎麼辦？」

「這個嘛……既然待在這裡沒有事可幹，也沒什麼我幫得上忙的，應該就是啟程旅行，如此而已囉！」

「我想那些沒撐過來的人也一樣吧！」

第一個聲音說道。

「是啊……就只差在一點點的知識，要是他們曉得這一點點知識……要是有人告訴他們的話……要是我們早一天抵達這裡的話，就不會發生這種事了。」

「感覺好空虛哦！」

「是啊，這世上或許還有其他我不懂的事情。搞不好我也會在一無所知的情況下，遇到相同的下場呢！基本上當然是希望盡可能避免，不過如果真的不知道，那也是沒辦法的事。」

說完這些話後，那聲音在停頓了一會兒之後又問道：

「漢密斯，我真的什麼都知道嗎？」

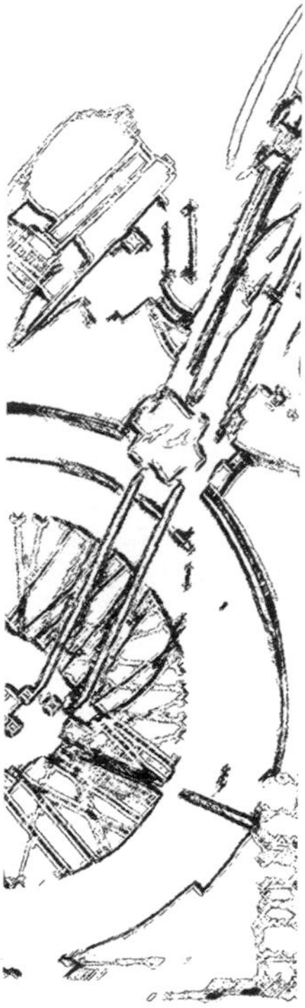

「在雲霧之中・b」
—Blinder・b—

對方馬上回答。

「不曉得耶——」

視野在風的吹拂下更形清晰，白色霧氣也變得越來越稀薄。

「馬上就要煙消雲散了呢，奇諾。」

第一個聲音說道。

「是啊。」

此時風突然變強，然後隨著呼嘯的風聲，白色的雲霧一下子被吹得一乾二淨。

第一話

「無城牆之國」

—Designated Area—

第一話「無城牆之國」

—Designated Area—

一輛摩托車（註：Motoride=兩輪的車子，尤其是指不在天空飛行的交通工具）正在草原上奔馳。

那裡只有濕度適中的泥土、寒冬過後開始生長的野草、藍天白雲、以及陽光，除此之外什麼都看不到。遠方不見任何高山，四周只被綠色的地平線所包圍。放眼望去，光是天空就佔了視野的九成。

摩托車載滿了行李：後方的載貨架上頭載著一只大包包，上頭擺了許多燃料跟水罐；後輪左右各掛著一只箱子；至於頭燈上則綁著捲好的睡袋。

「好無聊哦。」

摩托車說道。

「第一百八十四遍。」

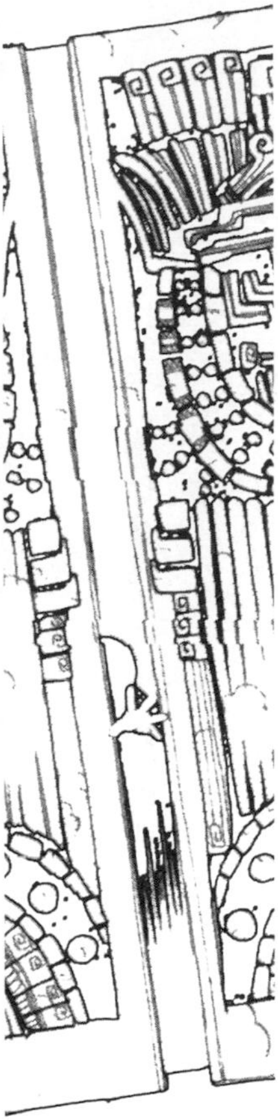

「無城牆之國」
—Designated Area—

摩托車騎士答道。

「…………」「…………」

接著雙方都沉默不語。

摩托車騎士穿著棕色的大衣，把過長的下擺捲在兩腿上，戴著一頂有帽沿與耳罩的帽子，還有一副防風眼鏡。眼鏡下的表情很年輕，約莫十五歲，一雙大眼睛炯炯有神，面貌頗為精悍。

草原並沒有道路，因此摩托車輾過雜草，偶爾閃開地面的坑洞，持續平靜地向前奔馳。

不久之後，太陽升得更高了，把摩托車的影子往旁邊拉得老長。

「差不多該休息了吧，奇諾？」

摩托車問道。名叫奇諾的騎士回答：「這個嘛……」

「我想再多騎一段耶，我打算今天多趕一點路，等傍晚再好好休息！」

「知道了……不過真的好無聊哦！」

摩托車如此說道，奇諾又回話說「第一百八十五遍」。接著用悠哉的口氣說：

「我想我從昨天就聽你在說了，想不到漢密斯在行駛的時候也會覺得無聊。」

名叫漢密斯的摩托車說：

「沒錯！走在這麼平坦的地方，速度又一直保持不變，感覺輪胎就如同只是在工廠的輸送帶上空轉，也好像是關在籠子裡的老鼠呢！」

「原來如此……」

「奇諾呢？眼前的景色完全沒有變化，妳都看不膩嗎？」

漢密斯如此問道，奇諾回答說：

「我早就不會去想什麼無不無聊的問題，現在我都是邊騎車邊想事情。」

「是嗎？妳都在想些什麼？告訴我吧！」

漢密斯央求著，一副很想知道的樣子，奇諾則回答「或許你會覺得很無趣喲」，不過漢密斯卻表示「就算無趣也沒關係」，直催促著奇諾告訴他。

「像我剛剛就在想，要是一把刀子從右邊刺過來的話，我就先打對方的手讓武器掉落。接下來是該給他來個過肩摔呢？還是反轉他的手臂呢？或者是往後退一步，然後踢他的手呢？如果我上半身邊閃躲對方刺過來的動作邊用手肘攻擊，那樣是不是比較好呢？」

「…………」

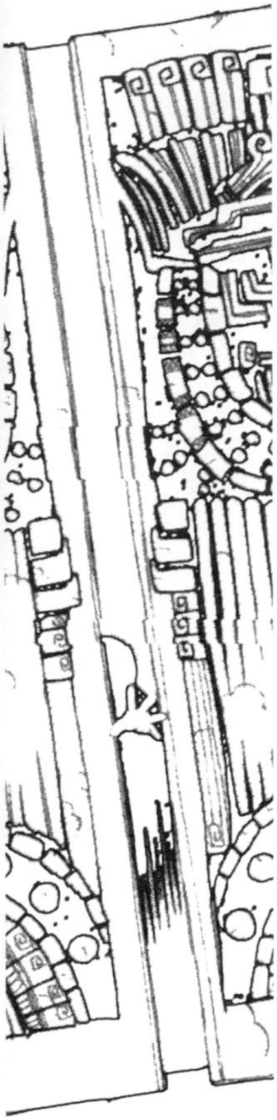

「無城牆之國」
—Designated Area—

「就是類似這樣的事啦！」

「……真無趣。」

「剛剛不是告訴過你了嗎？」

摩托車繼續在草原上奔馳。

「好無聊哦！」

漢密斯碎碎唸道。

「第一百八十六……」

奇諾話沒說完，居然邊騎車邊站起身來，漢密斯連忙問她怎麼了？

「真不可思議……」

「嗯？」

原來，在她們行進路線的前方，位於地平線下的綠色空間裡有幾個黑點。剛開始從奇諾跟漢密斯的位置看起來，像是一堆垃圾，隨著距離越來越接近，才發現那些黑點還有大小之分。

不久終於真相大白了，原來較大的物體是帳篷，而且密集地搭建在一處。至於四周那些細小的物體則是家畜群，旁邊還有人。

漢密斯說：

「咻～真想不到，竟然有人耶！而且有牛、羊、馬，還有房子呢！」

「這應該不是個國家，是遊牧民族吧……」

「沒想到這種地方會有活生生的人類，真了不起。」

奇諾稍微減緩漢密斯的速度，一名騎馬的人朝她們的方向趕來，對方是個壯年男子，身穿風格獨特的服裝。

「妳認為他想幹嘛，奇諾？」

漢密斯問道。

「如果他不歡迎我們的話，就只好繞路了。先談談再說吧！」

奇諾把漢密斯停了下來。男子來到她們面前，手上空無一物。他面帶笑容地說：

「旅行者妳好，我們是居住在這片草原上的民族。」

奇諾也向他問好。男子問奇諾要到哪裡去。

「我們要去西方的國家，而且無意打擾你們的生活，我們會馬上通過這一帶的。」

男子卻搖著頭說：

「這可萬萬使不得啊，本族絕無此意。相反的，本人僅代表族長，來邀請妳們住下來，並享用一些餐點，敬請務必賞光。用這種方式歡迎偶然經過的旅行者，是本族歷代的習慣。」

「原來如此……」

奇諾小聲地唸道，漢密斯問她怎麼辦？還說：

「只要妳覺得ＯＫ就好了。」

經過短暫的考慮，奇諾對男子說：

「我知道了，那就恭敬不如從命。」

男子露出了開心的表情。

「那我先回去跟大家報告！」

說完他便策馬回奔部落。奇諾則是騎著漢密斯慢慢接近他們。

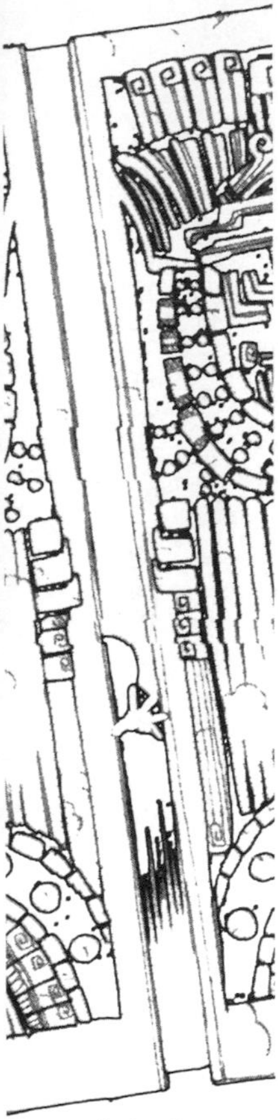

部落約有二十來頂移動式的圓頂大帳篷，上頭覆蓋著厚布，其中有頂帳篷顯得特別龐大。

部落附近有許多牛羊悠閒地吃著草，而一些男子則騎著馬看管著。

此時，有一群人在等待奇諾跟漢密斯，約莫二十人左右，男女老幼都有，有不滿二十歲的年輕小夥子，也有中年婦女，大半都叼著煙斗吞雲吐霧。

奇諾在那群人面前關掉漢密斯的引擎並走了下來，她摘下帽子跟防風眼鏡，開口說道：

「大家好，我叫奇諾，這是我的伙伴漢密斯。」

「妳們好。」

這群人中看似最年長的男子回道，他也叼著冒煙的煙斗。

「奇諾、漢密斯，歡迎妳們，我是這部落的族長，因為我們經年逐水草而居，所以難得遇到旅行者。希望妳務必留下來，好好地養精蓄銳。」

奇諾向他道謝後，一名看起來很溫柔的中年婦女便帶她到一頂帳篷去，途中經過一些帳篷，還有小孩從裡面戰戰兢兢地偷看她。

帳篷內部相當寬敞，足以容納許多人在裡面舒適安眠；中央立著一支木頭柱子，呈放射狀的骨架支撐著屋頂；地上則鋪了柔軟的毛氈。

為了停放漢密斯，他們還特地把入口弄大一點。平常這個帳篷是供那名婦女一家人使用的，一聽到他們暫時讓出來招待客人，奇諾再次向她道謝。

婦女離開之後，奇諾把大衣脫下。她裡面穿著黑色夾克，腰際繫著皮帶，皮帶上掛了好幾個包包，然後右腿懸掛著單手操作式的掌中說服者（註・Persuader=說服者為槍械。在此指的是手槍）。腰後還有一把二二口徑的自動式手槍。奇諾稱前者為「卡農」，後者為「森之人」。

奇諾把「森之人」連同槍套拿了下來，然後在帳篷裡向後翻筋斗。

「真是太舒適了！」

她不知不覺的說道。漢密斯也說：

「沒錯！仔細想想，這個帳篷應該是冬暖夏涼呢！它下襬是開放式的，因此很方便快速組合及拆卸。」

「想必他們為了牧草必須一年遷徙好幾次呢！因此像這樣遇到我們的機率真的是少得可以。這輩子都在這片草原跟大自然及大地生活啊……也難怪會沒有高築的城牆……」

奇諾深深地感慨著，不過漢密斯馬上消遣她說：

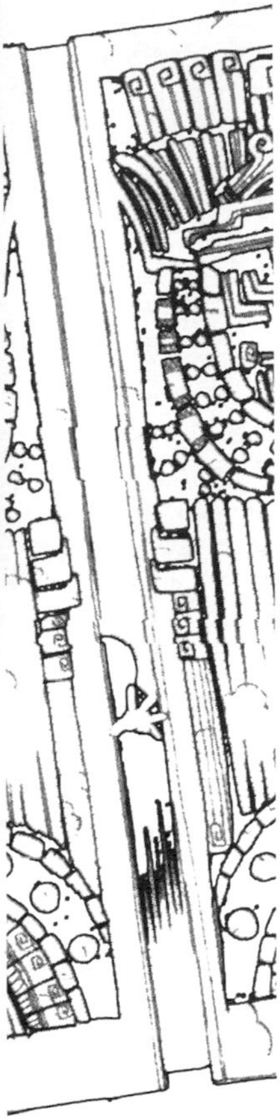

「無城牆之國」
—Designated Area—

「羨慕嗎？拜託他們看看，搞不好可以讓妳加入喔？」

奇諾一面起身一面說：

「還是算了吧，那種生活應該不適合我。」

「那什麼樣的生活才適合妳呢？」

漢密斯問道，奇諾回答說：

「我也還在找呢！」

傍晚，他們邀請奇諾一起用餐。

因為漢密斯已經睡著了，就把它留在帳篷裡。於是，在族長居住的大帳篷前，他們介紹奇諾給大家認識。整個部落不到五十個人，其中十二歲以下的小孩約有十個。

之後她被邀請到族長的帳篷裡用餐。擺在低矮長桌上的食物以乳製品為主，既樸素又簡單。當他們問奇諾吃起來是否合口味時，她則老實的說很好吃。

只是他們一直拼命抽煙斗，把帳篷裡搞得烏煙瘴氣的。眼睛被燻痛的奇諾拒絕了抽煙斗的邀請，來到外面呼吸新鮮的空氣。

當她站在帳篷外望著夕陽西下的天空時，

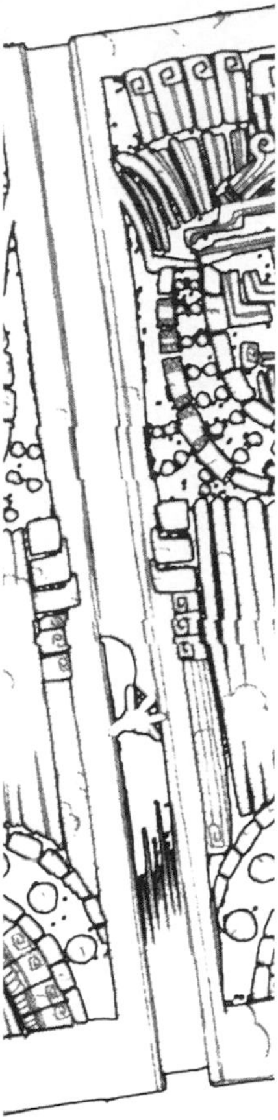

「無城牆之國」
—Designated Area—

「妳是……」

突然有個聲音對她說。

奇諾驚訝地回頭看向那個男人。只見火紅的天空下，有個年約三十歲的男人在她面前，可能是五官過於端正的關係，感覺他好像沒什麼感情似的。

看著奇諾的男人表情稍微有了變化。

他雖然穿著跟其他人一樣的服裝，但眼睛跟卻是與眾不同的灰色，膚色也不太一樣，身高也高人一等。

男人毫不客氣的用他那雙灰眼睛直盯著一臉訝異的奇諾，並且說：

「妳是今天來的旅行者嗎？」

他的聲音聽起來沒有抑揚頓挫。

「是的。」

奇諾點頭說道。

「大家都當妳是男的，可是應該不是吧？」
「……那又怎樣呢？」
奇諾反問道。
男人面不改色地說：
「沒什麼。」
他看了奇諾好一陣子，也沒進去帳篷，隨後就逕自離開。
隔天。
奇諾還是跟往常一樣隨著黎明起床，這天天氣很不錯。
她走出帳篷時，大家早就起床開始活動了。有擠羊乳的婦女、牽著馬匹的少年、還有一起幫忙生火的孩子們。偶爾還有大人拿著煙斗走過來點火。
從奇諾面前經過的婦女告訴她可以再多睡一會兒，奇諾則回說早起是她的習慣。
那婦女聽了笑著說：
「真是個好習慣呢！」
奇諾在帳篷裡做「卡農」跟「森之人」的拔槍練習，經過簡單的維修之後，又把它們收回槍套。

工作告一段落的人們則各自聚集吃起早餐，他們拿著麵包似的食物沾著融化的起司吃。奇諾說那些食物非常可口，然後請他們吃自己帶的黏土狀攜帶糧食，大家面露複雜的表情試著嚐了一點。

吃完早餐後，男人們騎著馬出去放牧家畜，留下來的婦女則負責收拾碗盤、縫補衣服及帳篷、或照顧小孩等等。她們偶爾會放下手邊的工作，坐在晴空下抽煙斗。當奇諾在替漢密斯維修的時候，她感覺孩子們正站在遠處看著她們。

「小朋友，你們可以靠過來看沒關係，這傢伙不會咬你們的。」

聽到奇諾這麼說，漢密斯說道：

「這話太傷人了吧！……不過妳講的也沒錯。」

於是孩子們小心翼翼地靠了過來，其中年紀最小的走起路來還搖搖晃晃的，最大的則約有十一、二歲。他們覺得漢密斯長得很稀奇，於是好奇地摸摸它。

「哇！好硬哦！」

「哇塞，是鐵馬耶！」

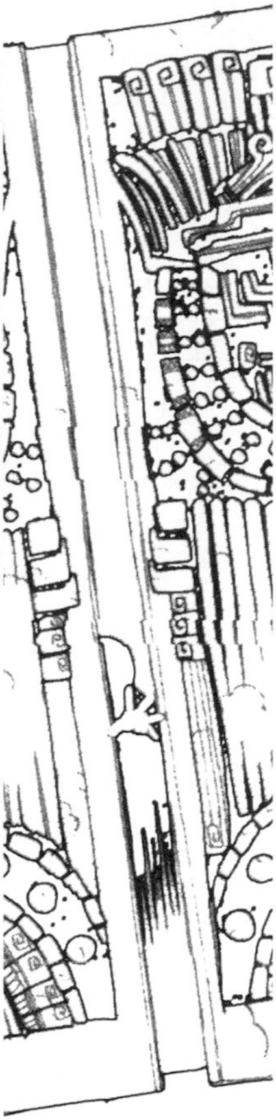

「無城牆之國」
—Designated Area—

「他叫做漢密斯。」

一聽奇諾這麼說，孩子們馬上七嘴八舌地說：

「好奇怪的名字！」「好怪哦！」「真奇怪！」

「憨密斯？」

其中一人如此問道。漢密斯回話說：

「不對不對，是漢密斯。不是『憨』，是『漢』……叫我『憨密斯』，會讓我覺得自己很笨，別那麼叫我！」

「憨密斯！」

「是『漢』！漢．密．斯！」

奇諾沒有理會那些天真的孩子跟氣得要命的漢密斯之間的鬥嘴，但是她注意到孩子們中有幾個人正叼著小煙斗。仔細一看，裡面並沒有放煙草。

「那是什麼？你們也抽煙斗嗎？」

奇諾詢問其中看起來年紀最大的男孩，他向奇諾展示自己的煙斗，並說：

「不，我們只是拿著而已，這只有大人才可以抽，大人說我們都有為生活努力工作，所以送那個給我們當獎勵。等大家能夠獨當一面，並且被承認是大人之後，才可以開始抽它。」

「這樣啊——」
「為了能夠被認定是大人，男人必須學會騎馬。而且不只是會騎，還要能夠管理馬群呢！」
「那你呢？」
奇諾問道。
「正在練習……」
男孩小聲地回答，然後隨即從腰後拿出一把鐮刀說道：
「不、不過！說到割草，我可是所有人之中最厲害的哦！像我幫我媽媽的時候，也是最棒的呢！」
雖然他的語氣很自豪，不過他後面一名年約十二歲的女孩卻說：
「割草是女人的工作喲，不會騎馬的男人有夠遜的。」
「…………」
男孩沉默不語。女孩接著跟奇諾說：

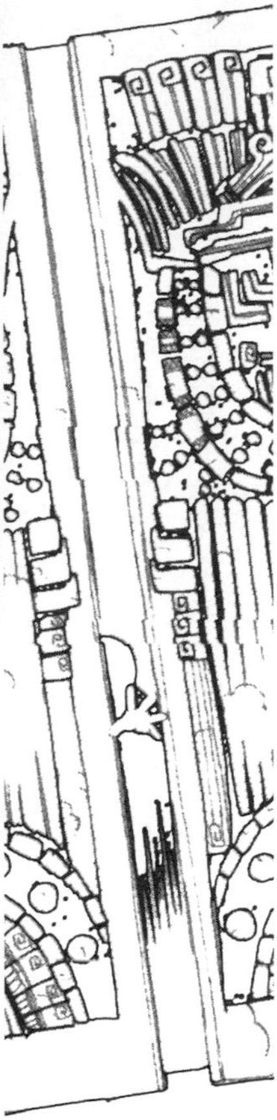

「我啊，以後要替他生小寶寶，他未來將是我丈夫喲！」

「咦……你們的婚事已經決定好了啊？」

奇諾問道。

「嗯，從我們一生下來就決定好的。所以他要是不爭氣一點，這樣下去是不行的。」

女孩用力點頭並開心地說道。

「什麼嘛，妳這個男人婆！」

男孩不甘心地回嘴。女孩則毫不在乎地繼續說：

「他是因為不甘心我馬騎得比他好啦！」

奇諾苦笑著說：

「既然這樣，那你們一起生活的時候，把工作對調不就得了？」

女孩愣了一下說：

「對喔，旅行者妳說的對，我就來負責騎馬吧！」

「才不要咧！那我不就變很遜！」

「沒關係啦！就這麼決定！等一下我就去跟爸爸說！」

「都跟妳說不要了！」

「決定了決定了決定了！」

奇諾目送著吵鬧的兩人離開，當她一回頭，只見漢密斯還在跟圍著他的孩子們解釋著：

「都跟你們說了，不是『憨』是『漢』啦！」

中午的時候男人們會回來用餐，然後大家再一起睡午覺。

醒來之後，他們問奇諾要不要騎馬。接下來，部落的男人便教從沒騎過馬的奇諾怎麼騎。

剛開始是慢慢的騎，當她一開始上手，就已經能讓馬加快速度跑了。

大人們看到奇諾漂亮的持韁手法，無不感到佩服。族長則邊吐著煙斗的煙邊簡短地說：

「就這麼決定了。」

周遭的大人們也靜靜地點頭。此時不遠處有雙灰色的眼睛正從馬上冷眼旁觀。

到了傍晚，吃完依舊烏煙瘴氣的晚餐後。

在自己住的帳蓬前，奇諾坐在腳架側立的漢密斯上仰望天空，西方的地平線上有雲層籠罩著，

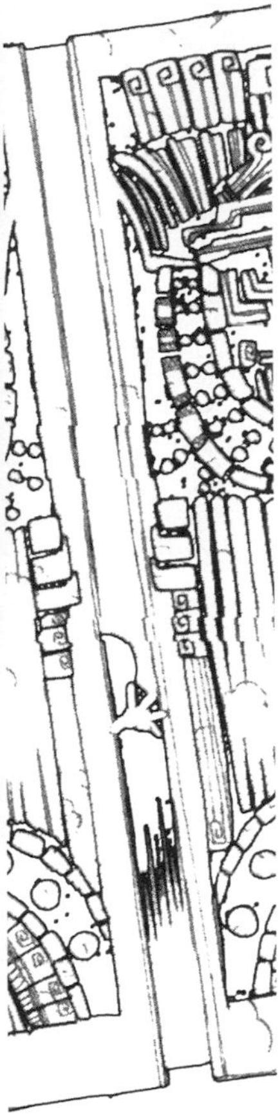

「無城牆之國」
—Designated Area—

因此夕陽是呈紫黑色的。

「結果他們有叫對你的名字嗎，漢密斯？」

「沒有……那些孩子只記得奇諾是騎著『憨密斯』來的。」

奇諾噗哧地笑著說：

「……假如明天就離開的話，大概永遠沒機會矯正他們了。」

漢密斯碎碎念著「沒錯」，然後又說：

「奇諾，明天天氣會變壞喲！」

「是嗎……但畢竟已經過三天了。」

「……了解。」

漢密斯如此說道，然後奇諾也從車身上跨了下來。就在這個時候……

「妳……」

「哇！」

灰眼睛的男人突然從奇諾背後說道，漢密斯被嚇得驚聲尖叫，奇諾則回頭瞪了他一眼。

男人走近幾步，然後站在奇諾跟漢密斯旁邊低頭問道：

「妳是哪個國家來的？」

奇諾並沒有躲開男人的視線，並搖了搖頭。

男人再次開口問她：

「那妳是想找個地方定居囉？」

奇諾慢慢地說：

「還沒有那個打算……我想暫時旅行一段日子。」

男人輕輕地點點頭，接著繼續用毫無抑揚頓挫的聲音說：

「原來如此，想不到妳能忍受自由所帶來的不自由感，真是了不起。」

「…………」

「怎麼了？」

男人向沉默不語，只是凝視著他的奇諾問道。

這下奇諾開口反問道：

「……不好意思，請問你以前曾旅行過嗎？」

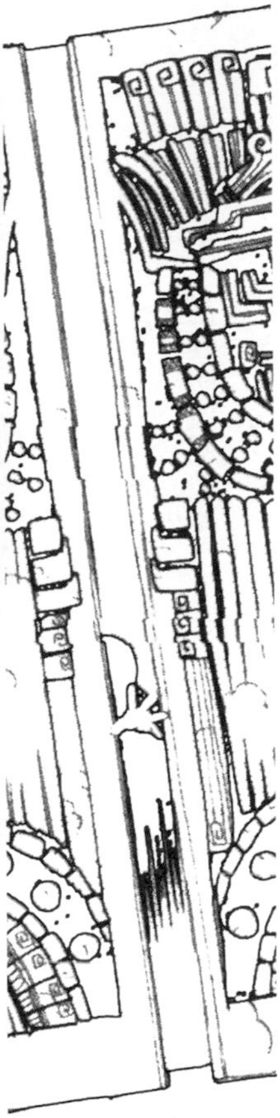

「無城牆之國」
—Designated Area—

「沒有。」男人馬上回答。

「你……是在說謊吧？」

「沒錯，我是在說謊。」

男人再次迅速回答。奇諾帶著確認般的語氣慢條斯理地問道：

「你應該……也不是這裡土生土長的吧？」

「……那又怎樣？」

男人一說完，就轉身離去。

奇諾望著他離去的背影，等到完全看不到他的時候，漢密斯開口問道：

「這就是那個包打聽嗎？到底是何方神聖啊？」

奇諾老實地回答：

「不知道……」

隔天，也就是奇諾遇到這支部落的第三天早上。

天空佈滿了壓得很低的厚重雲層，即使已經日出，天色也不是很明亮。

吃過飯後，奇諾告訴族長她今天要離開。族長感到非常意外，還問她是不是有哪裡招待不週？

「不是的，是我習慣在一個國家只停留三天……所以非常感謝你們這幾天的招待。」
族長當場愣住了，不過隨即又對奇諾說：
「今晚我們要舉辦一場難得的餐會，同時也是對奇諾妳的到來表示歡迎。我們將宰殺一頭牛讓大家飽餐一頓，因此大家都很期待這場餐會。此外，現在天候也蠻惡劣的，能否請妳再多停留一晚呢？」
「……很感謝你的好意，可是……」
看到奇諾語帶為難，借帳篷給她住的婦女便開口說道：
「族長，餐會馬上就可以準備好，不然等中午過後就開始怎麼樣？這樣奇諾也可以趕在今天離開。」
「是嗎？這樣妳覺得如何？」
族長如此問道，奇諾點頭答應了。
於是族長開心地下令把這件事情昭告大家。

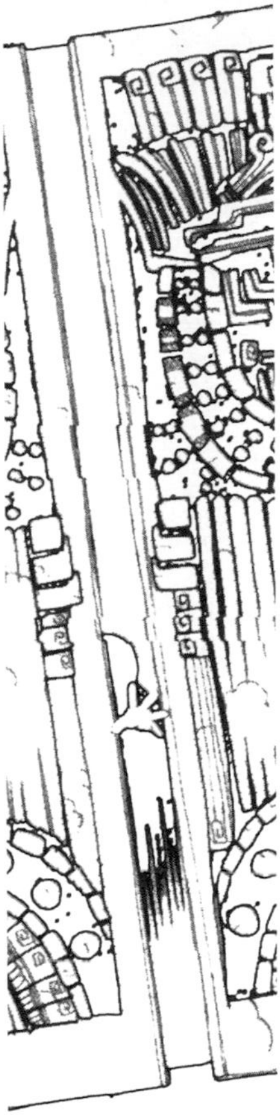

「無城牆之國」
—Designated Area—

「——這下我們要先吃完大餐再出發了。」
奇諾邊收拾行李邊跟漢密斯說。
「了解，那妳就好好享用吧！」
奇諾把已經準備妥當，隨時可以出發的漢密斯留在帳篷裡，然後穿上夾克走向族長的帳篷。
天空仍因雲層密佈而一片昏暗。

「不過……我這裡卻很無趣耶～」
奇諾走出去沒多久，漢密斯就在帳篷裡自言自語。
就在此時，有人悄悄掀開帳篷入口另一邊的下襬，一條人影突然鑽了進來。
「是誰？如果要找奇諾，她不在喲！」
「我知道。」
那人影回答，並慢慢走近。
「原來是灰眼睛大叔啊……」
漢密斯語帶緊張地說道。男人抓住漢密斯的把手，將他往前推，讓腳架彈上來。

「好了，我們走吧！」

「走去哪裡？」

漢密斯問他，男人則回答：

「硬要說的話，是去地獄。」

族長的帳篷裡擺了好幾張長桌，總共坐了三十個人左右。大家依舊是煙斗不離手，因此裡面充滿了煙霧。中央則擺著烤好的整塊牛肉。

奇諾被帶到靠近中央的座位，接著宴會就開始了。負責分配食物的男人拿著大菜刀把肉分給大家。而大家也搭配乾大蒜，啃著撒上鹽巴的帶骨肉。

奇諾詢問其他人跟孩子們到哪裡去了，坐在她隔壁的男人說：

「帳篷無法容納所有人，因此他們在另一個帳篷裡。而且孩子們要負責看管家畜，不過等一下就換他們進來了。因為大家很久沒吃肉了，才會照往常的慣例沒有讓孩子們參加。只是說他們這時

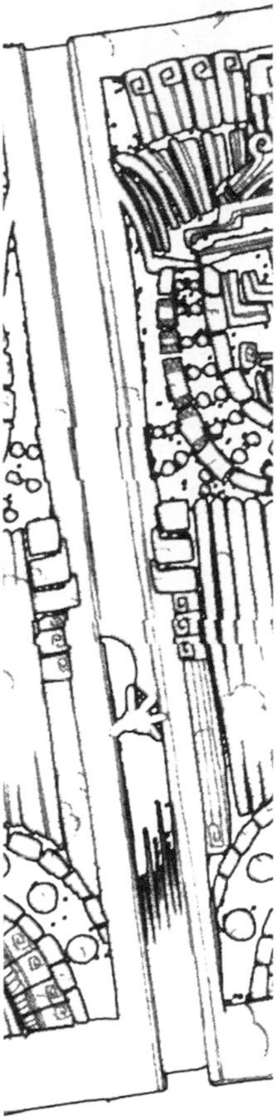

候一定很不甘心，也希望能早日成為大人吧。」

他一說完又抽起了煙斗，並拿起腸子做的水壺喝飲料。他問奇諾要不要喝，但是她一聽到是用羊乳釀的酒，便很有禮貌地婉拒了。

「我想這個會比較適合旅行者吧？」

一名中年婦女說道，向奇諾遞上一只木杯，並且在裡面斟滿茶。

奇諾向她道謝並接下杯子。

她聞了聞味道說：

「好奇特的香味，這是什麼茶啊？」

「咦？該怎麼說呢……這茶沒有名字耶……」

婦女有點訝異，不過她馬上又笑著說：

「總之妳喝喝看吧！」

奇諾盯著茶看了一會兒。

然後說：

「這種茶我可能喝不慣，抱歉要辜負妳的好意了。」

接著把杯子放在桌上。

隔壁的男人一臉訝異地看著奇諾。

奇諾慢慢地起身說：

「各位，非常感謝你們的款待，我差不多該出發了。」

語畢，奇諾注意到所有的人都露出略顯驚訝的表情。

端茶給她的婦女說：

「是嗎？那我們到外面送妳離開吧！」

說完話便準備帶奇諾到帳篷的出口，奇諾慢慢地背對她往前走，不過又馬上轉過身來。

結果那婦女揮下來的棍棒並沒打中奇諾的後腦勺，僅從她的肩膀擦過。奇諾隨即往後跳一步，並踢倒桌子，把菜餚灑了一地。

接著，帳篷裡的人全站了起來，手中都拿著棍棒，並面目猙獰地看著奇諾，年輕的男人們擋住唯一的出口，其他人則將她團團圍住。

「請問……這是怎麼回事？」

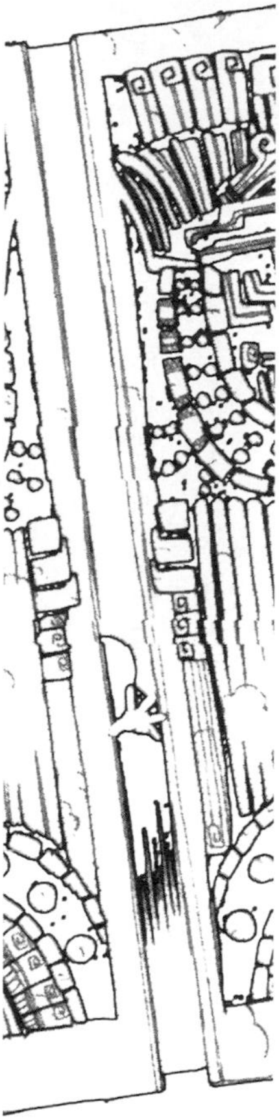

「無城牆之國」
—Designated Area—

奇諾問道，族長從後頭出聲說道：

「奇諾，可否請妳乖乖喝掉那杯茶？這樣就不會嚐到苦頭了，而且那不會要妳的命，只要稍微忍一下就行了。」

奇諾慢慢地回頭問族長：

「要是我拒絕呢？」

族長沒有回答，只是輕輕地揮了一下手。這下只聽見四周的大人們再次拿起棍棒的聲音。

奇諾慢慢地從右腿的槍套拔出「卡農」。

所有人在一瞬間往後退，不過族長馬上朝奇諾走近一步說：

「喔～妳想用那個？可是諒妳也無法一直開槍吧？就算擊倒幾個人，沒多久妳也玩完了！」

「的確沒錯。」

奇諾如此說道，然後又慢慢地把「卡農」收回槍套裡。

幾名男人朝奇諾走近一步，奇諾用力踩住腳下的桌子一端。

飛出去的桌子讓男人們紛紛閃避，於是奇諾朝出口的另一邊移動。她拔起插在肉塊上的菜刀，抓住離她最近的人——也就是族長。她左手從後面扯住他的頭髮，右手拿著菜刀抵住他的喉嚨。

「全部不准動！」

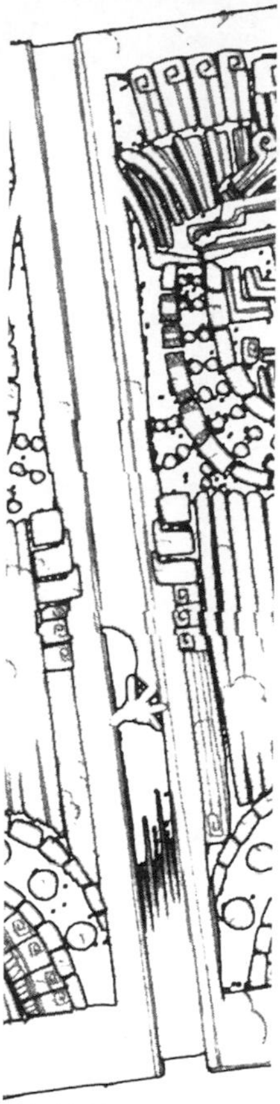
「無城牆之國」
—Designated Area—

奇諾以尖銳的嗓音大吼，在場的人全都停了下來。

「妳、妳這傢伙……」

頭被拉得向上仰的族長痛苦地說道。

奇諾小聲地說：

「我不會要你的命，稍微忍耐一下吧！」

「哼，沒用的！妳是逃不出這裡的！想必妳的摩托車已經被破壞了！」

「……到時候再說吧！」

奇諾小聲地說道。同時再度用力拉族長的頭髮，並以刀刃抵住他的喉嚨。

族長在痛苦之餘大聲叫道：

「……大家別管我了！別讓這傢伙走出帳篷！千萬別讓她離開！」

「你還真了不起呢！」

奇諾拋下菜刀，同時也放開族長。然後在菜刀掉到地上之前拔出了「卡農」。她連續開了三槍。

帳篷裡傳出槍響，子彈全數命中帳篷中央木柱的較低位置，把木柱都給打穿了。奇諾見男人們一股腦兒全撲上來，便用力往木柱一踹，木柱就這樣被踢斷了。

說時遲那時快，帳篷的屋頂應聲倒了下來。

奇諾馬上從帳篷的下襬爬到外面去。在灰暗的天空下，看不見任何人影，只見一頂頂一個樣兒的帳篷安安靜靜地佇立著。

當她回頭察看，只見被壓在帳篷下的人們正在拼命掙扎。還有人大喊：

「可惡！快找！快追！絕對要活捉到她！她是血！是珍貴的血啊！」

奇諾往自己住的帳篷跑去，可是就在走過一條通道的時候，一名男子跳了出來。

「混帳東西，別想跑——」

奇諾開槍擊中男人的腳，他痛得倒在地上哇哇大叫。

「找到了！在那裡！」

聽到後面有人在大叫，奇諾很不爽的嘖了一聲。

接著她跑到隔壁的帳篷後面躲了起來，可是就在這一瞬間，突然有股強大的力量從後面捂住她的嘴。

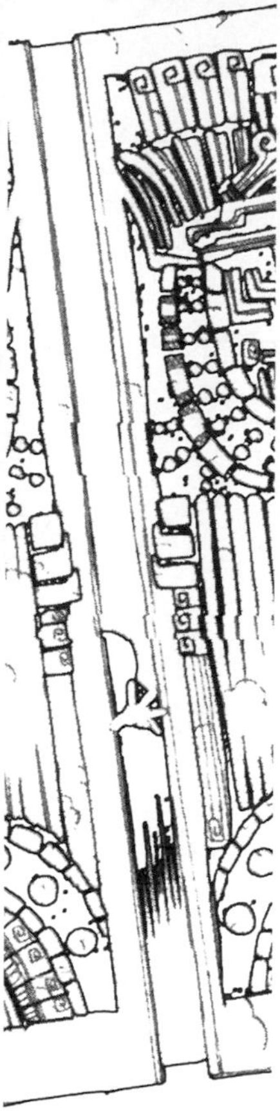

「！」

奇諾夾緊右腋，把「卡農」抵住後面那個人的下巴並扣下扳機。

但是子彈卻沒有射出，奇諾倏地變了臉。

「不要出聲，我不會傷害妳的。」

耳後響起的聲音平靜地說道。待捂住她嘴的手放鬆，奇諾回過頭來看對方是誰。

奇諾看到一雙灰色的眼睛，他右手握住「卡農」，大姆指夾在擊鐵中間。之後，男人慢慢放開「卡農」，也放開了奇諾。

「這時候不要用說服者，否則會暴露妳的行蹤的。」

奇諾抬頭看著男人說：

「……你不抓我嗎？」

「對，我不會抓妳。」

男人如此說時，又傳來其他男人的聲音：

「找到了！勞赫抓到她了！」

只見三個男人持著棍棒跑來。

那個叫勞赫的灰眼男人說：

「用這個，我負責對付兩個人。」

然後也給了奇諾一支相同的棍棒。

毫無戒心地跑來的三個人，這下被奇諾跟勞赫攻擊得狼狽萬分。

當奇諾打昏一個人的時候，勞赫已經擺平兩個人了。

勞赫從腰際拔出刀子，很快地割斷那兩個人的喉嚨。血從喉嚨噴了出來，他們掙扎沒多久就斷氣了。然後也對奇諾打昏的人那麼做。

「為什麼要這麼做？我只要能逃離這裡就好了啊？」

勞赫輕輕地搖頭說：

「這麼做是為了他們好，他們也不必再忍受漫長的痛苦。」

「這話是什麼意思？」

「跟我來吧！」

勞赫強行把奇諾拉到附近的帳篷裡。

「這是我的帳篷。」

就在奇諾走進去的同時，

「妳沒事啊，奇諾？」

「漢密斯？」

奇諾不由得喊道，原來堆好行李的漢密斯正立著腳架停放在帳篷裡。

「是我剛才說服他過來的。待在這裡的話，暫時是不會被發現的。」

勞赫說著便叼起他的煙斗。漢密斯說：

「剛剛真的很感謝你，果然跟你說的一模一樣。」

「沒什麼，只是事情發生得太快了。不過奇諾妳也真厲害，不僅沒喝掉那杯茶，還能平安逃出那裡。」

勞赫邊點燃煙斗邊說。他用的是奇諾打包在行李裡的火柴。

「跟妳借來用用。」

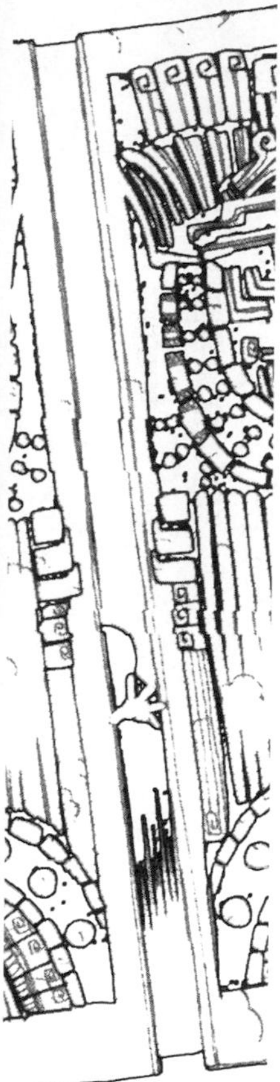

「無城牆之國」
—Designated Area—

他簡短地這麼說，然後神情爽快地吞雲吐霧起來。

「可以請問你幾個問題嗎？」

奇諾邊填充「卡農」的轉輪邊問。

「妳問吧！」

「他們為什麼要攻擊我？還有，你為什麼要幫我？」

勞赫看了奇諾一眼說：

「他們打算讓妳加入這個部落，理由是為了讓小型部落加入外來的新血輪，這個部落幾百年來都是這麼做的。他們會款待偶遇的旅行者，如果對這名旅行者的評價很高，就把他吸收進來，低的話就殺掉。而他們對奇諾妳非常中意。到這裡妳聽懂了嗎？」

「聽懂了……可是他們如何讓對方答應呢？他們並沒有低頭求我啊？」

「是用這個。」

勞赫把右手的煙斗湊向奇諾的面前說：

「妳看到大人們都在吸煙斗吧？這煙草裡含有強烈的毒性，人類一旦吸上癮，這輩子就不能沒有它。因為只要半天沒吸就會頭痛，一過三天手會開始發抖，五天會產生幻覺，如果十天都沒吸的話，就會口吐白沫發瘋至死。而他們拿給妳喝的那杯茶裡則摻有這煙草的精華。」

「……原來如此。那如果我喝了會怎麼樣？」

「妳會當場失去知覺，接著會持續昏睡好幾天。至於這段期間，漢密斯就會被拆解並埋進土裡，整個部落也會遷離這裡。」

「…………」

「真可怕，我實在不敢想像耶！」

漢密斯說道。

「而且就算妳在昏睡的時候也會讓妳吸這煙草，因此當妳醒來時已經中毒很深，沒有它就會活不下去。而這種煙草又只生長在這片草原，只能在短暫的秋季收成。所以不管妳願不願意，看妳是想加入這個部族在這裡渡過一生？或者要等到毒癮發作身亡？就只有這兩種選擇而已。」

「原來如此，我明白了。」

奇諾點了好幾次頭，然後又問勞赫。

「那你是什麼時候加入的？」

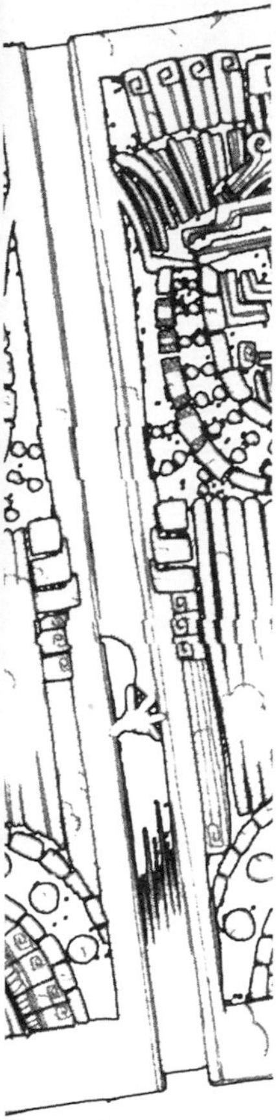

「無城牆之國」
—Designated Area—

「五年前，也是因為一時大意才這樣的。」

「究竟……是怎麼回事？」

在奇諾的質問下，勞赫一面苦笑一面重新填塞煙草說：

「這個嘛……當我剛醒來的時候，根本無法接受這個事實，也拼命臭罵他們。加上毒癮發作造成的痛苦，如果因此死了也不足為奇。當時我也的確打算就這麼死了算了。」

勞赫叼著煙斗點了火。他的嘴角露出微笑並說：

「不過，當時看護我的女人……與其說是女人，倒不如說是少女。她這麼對我說，『你不能死，千萬不能死』。而且哭著對我說好幾次。她還說，『只要活著就會有好事的』。呵！」

「…………」

「因此我便選擇留下來生活。我很快就學會這裡的工作，大家也都接納了我。後來……又跟那個女人結為夫婦，不過那也是我被『評價』的時候就決定好的事啦！」

「你幸福嗎？」

漢密斯問道。勞赫簡短地說：

「應該吧！」

然後又說：

「搞不好那是我人生中最幸福的時刻呢！」

「……那你太太呢？」

奇諾問道。勞赫語調平平地回答：

「去年此時，被大家殺了。」

「為什麼？」

勞赫把煙吐了出來並走到帳篷外。

「這裡也沒有！」

有人邊大喊邊從帳篷旁邊通過。

勞赫回答奇諾的問題說：

「因為她不能生小孩。」

「？」

「她有了身孕，後來孩子卻難產死掉，結果，她從此無法再生育。一旦無法生育，一個女人就

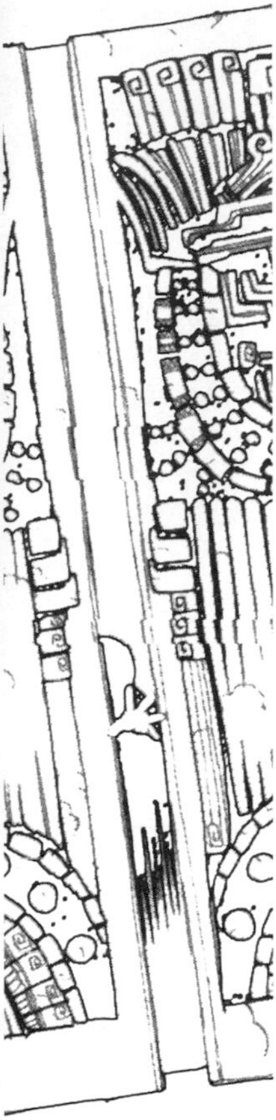

「無城牆之國」
—Designated Area—

失去了利用價值。他們無法讓那種人繼續留在部落裡浪費珍貴的糧食跟煙草，這就是這裡的規矩……奇諾，不要那樣瞪我好嗎？」

「……對不起。」

「於是族長便下令將她處死，而她也心甘情願地接受這個判決。她被殺之後就被埋葬了，我已經不曉得她被葬在哪兒了。」

「當時大叔你呢？」

漢密斯問道。勞赫吐著煙說：

「她在最後對我說了和最初見到我的時候相同的話。」

「…………」「…………」

「整個經過就是這樣。」

勞赫吐出最後一口煙，將灰燼清掉之後就把煙斗收起來，然後唸唸有詞的說：

「我想差不多了吧！」

奇諾問他什麼意思？勞赫並沒有回答，只是無聲無息地走到帳篷入口旁邊。

一名部落的男子探頭進來看到了奇諾。

「找到了！她果然在這裡！」

就在他大喊後的那一剎那，鮮血大量地從他喉嚨噴了出來。

勞赫走向屍體，把他踢出帳篷外。

「好了，我們到外面去吧……不會有事的。」

勞赫把入口整個大開。奇諾踢掉漢密斯的腳架，慢慢地把它推出去。

至於外頭，所有大人已經把帳篷團團圍住。大家看到奇諾他們走出來，接著又看到勞赫，隨即非常生氣地大聲嚷嚷。天空比方才還要灰暗，漢密斯唸唸有詞地說，「會下雨嗎？」

族長瞪著勞赫開口問道：

「你到底想怎樣？」

被質問的男人回答：

「我不想怎樣，我只是做自己想做的事而已，族長。」

「把旅行者交出來，我們會再商量如何處置你的。」

勞赫拿出煙斗，悠哉且仔細地填充煙草。

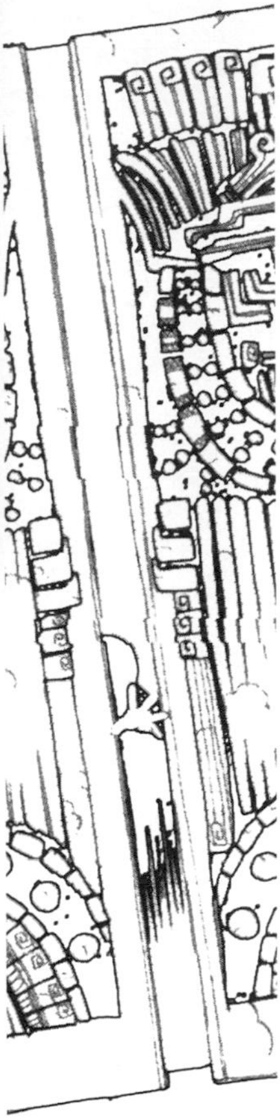

「無城牆之國」
—Designated Area—

接著他開口說：

「不用商量也沒關係，反正你們的時代已經結束了。」

「混帳東西！」

被惹毛的族長氣得破口大罵，隨即命令手持長棒的男人們說：

「全給我上！別讓他們跑了！兩個都別放過！就算傷了他們也無所謂！」

勞赫點燃火柴，火慢慢地往煙斗移動——

轟！

部落裡響起一記沈悶的爆炸聲，大人們紛紛轉過頭去。第一個發現情況不對的人大聲驚呼：

「失、失火了！煙、煙草帳篷燒起來了！」

「什麼？」

大量的煙從其中一頂帳篷的屋頂縫隙猛烈往上竄。

勞赫抽著煙說：

「我不是說過了嗎？再不快去搶救，會全部燒光哦！」

所有人臉色大變，把奇諾跟勞赫的事拋諸腦後，全都衝向那頂帳篷。

帳篷冒出來的煙越來越濃烈，也開始隱隱約約冒出火苗。

「煙草！煙草燒起來了！」

「寶貴的煙草燒起來了！」

「快點滅火！快想辦法滅火啊！」

勞赫、奇諾跟漢密斯則在後面眺望那群發了瘋似的人們。

不管他們再怎麼拚命滅火，用棍棒或衣服拍打火苗都沒用。大火毫不留情地越燒越猛。

「那個帳篷裡儲藏的是去年收成的煙草，我動了一些手腳點燃它——其實是我在漢密斯的允許下，借用了一點點汽油跟火藥——一旦失去那些煙草，大家只剩下十天可活。」

勞赫如此說道，奇諾則回頭看他。

「我也是。」

說完，男人又吐了一口煙。

火勢變得更加猛烈，照亮了圍著帳篷的人們。

一個男人大膽地靠近火場企圖搶救煙草，不料卻被火苗引燃了他的衣袖跟頭髮，大火隨即竄上

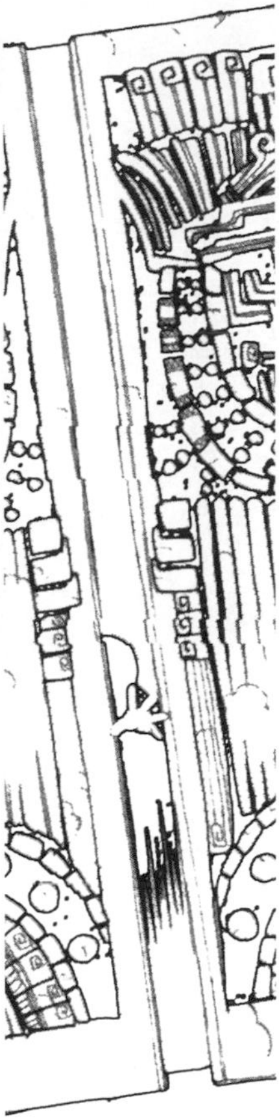

「無城牆之國」
—Designated Area—

他的全身。

那男人發出無法想像是發自人類的慘叫，渾身變成一團火球痛苦地跳來跳去，卻沒有人出手救他，最後他終於停止掙扎倒向地上。其他也有幾個人遭到火焚燒。

還有幾個拼命滅火的人，因為缺氧而臉色蒼白地紛紛倒地。

大家撥開、甚至踐踏著礙事的人，持續進行毫無效果的滅火行動。

此時帳篷的屋頂塌了下來，所有的煙草全部著火，煙也變得更猛烈了，只見白煙不斷地往上竄。

眼看大勢已去，奇諾看到許多人開始跪倒在地上。有的人則拉長脖子拼命地吸著那些煙，過沒多久就看到他們口吐白沫，搖搖晃晃地走著。

「哇哇哇！」

接著在發出一陣怪聲後，便倒地不起。

最後帳篷跟煙草全被燒個精光，而燃燒的灰燼周遭則躺著好幾個動也不動的人。

還能動的人，也只能束手無策地等死。

突然間，有個男人把他身邊女人的脖子扭斷，還殺了幾個躺在附近拼命呻吟的人。頭被砍斷的聲音此起彼落地響起，動也不動的人也不斷增加。還有人點火自焚。

有個男人搖搖晃晃地走到奇諾他們前面，他的雙手已經被燒成了黑炭。

「嘿嘿嘿！」

他眼神呆滯地笑著，然後閉上眼睛。剎那間，勞赫便把他的脖子割斷。

接著勞赫走向灰燼，說要讓其他人不用再痛苦下去。這些人有的累得起不來，有的哭泣，有的大笑，有的抱在一起，有的口吐白沫，有的大開殺戒，有的被燒成焦黑。

他平心靜氣地拿刀往他們的脖子刺下去。活著的人數也逐漸減少。

「你、你……瞧瞧自己幹了什麼好事……」

最後剩下的男人站在勞赫面前說道，他就是人稱的族長。

「如果你一年前沒幹下那件事，我或許還有其他選擇。」

男人手持染滿鮮血的刀子，用灰色的眼睛瞪著他回答。

族長抱頭揪著頭髮，並唸唸有詞地說：

「天哪……完了……一切都結束了……」

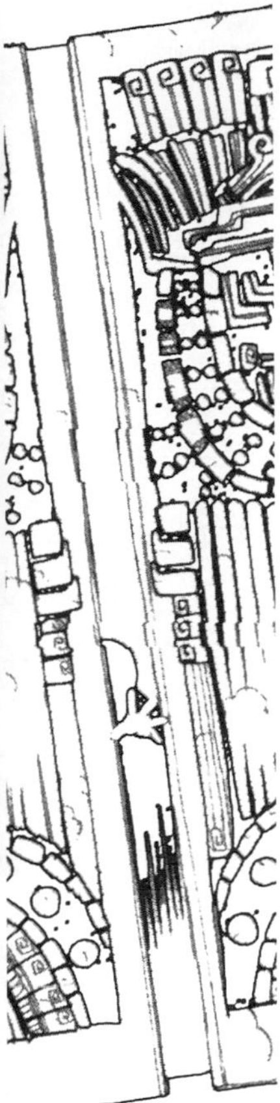

「無城牆之國」
—Designated Area—

勞赫把臉別到一邊說：

「不，事情還沒全部結束呢！永別了，義父大人。」

勞赫把刀子插在族長的脖子上，然後回過頭看著奇諾跟漢密斯。

他走向奇諾她們說：

「地獄結束了，妳可以離開了。」

奇諾說：

「我們一起走吧！像你這樣，只要把大家口袋中剩下的煙草蒐集起來，就足以支撐到鄰近的國家，說不定在那裡可以找到解毒的方法呢！與其在這裡坐以待斃，還不如賭賭看還有沒有一線希望。」

男人看著奇諾說：

「這個主意的確不錯……」

接著卻又斬釘截鐵地說：

「不過我要留下來。」

「為什麼？這裡已經沒有任何人了呀。」

奇諾說道，但勞赫卻微笑著說：

「妳忘了嗎？」

「？」

「還有孩子們啊！」

奇諾「啊」的一聲喊了出來。

「所以我才說還沒全部結束呢！」

「…………」

「我要告訴他們大人們過去都在做些什麼，抽些什麼，為什麼要這麼做，還要教他們生存下去的技巧，直到我發瘋而死。不，也有必要讓他們看到我的死狀，如此一來，他們就懂得如何利用大人們遺留下來的家畜繼續生活，這樣應該就能創造出無煙草的全新歷史了。所以我得留下來。」

「……我明白了。」

奇諾輕輕地點頭，然後又問：

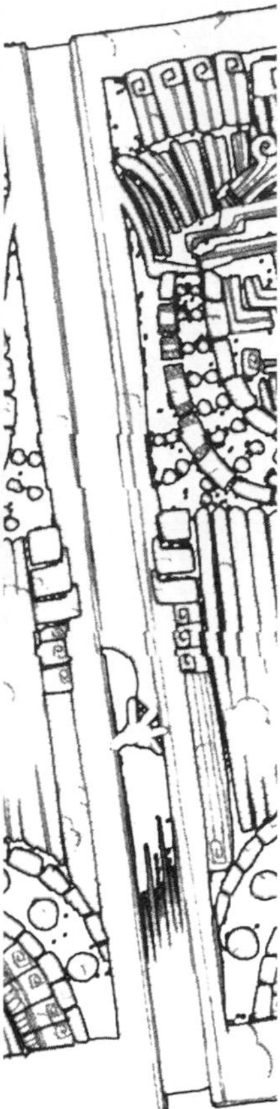

「無城牆之國」
—Designated Area—

「你的國家在哪裡？如果我有機會經過的話……」

勞赫搖搖頭說：

「沒那個必要，而且最好不要那麼做，因為我在我生長的國家是一名殺人犯。」

「…………」

「你做了些什麼？都已經是最後了，可以告訴我嗎？」

漢密斯還特別強調「最後」這一詞。勞赫苦笑地說：

「最後是嗎……其實我原本是一名士兵，從小就接受了特殊訓練，戰爭的時候暗殺過許多敵人。我之所以殺人，是覺得這麼做是為了國家也為了人民，可是當戰爭一結束，我竟成了礙眼的傢伙，因為一個打贏正義之戰的國家，是絕不能把曾經進行暗殺的行動公諸於世的。於是我就被當成是濫殺無辜的瘋狂殺人魔被國家追殺，不然我才不想出來旅行呢。我很希望這輩子都生活在自己的故鄉，在那裡建立自己的家庭，過著普通的生活。到這裡之後，我也想重新開創自己的人生。」

「……我瞭解了，謝謝你的說明。」

漢密斯這麼說，勞赫又回話說「不客氣」。

奇諾則不發一語地穿上大衣，戴上帽子跟防風眼鏡。正當她準備發動引擎的時候……

「因為妳很像她。」

勞赫沒頭沒腦地這麼說。

「什麼？」

「之前妳不是問我為什麼要救妳？我還沒回答呢——因為妳很像她。別誤會了，我不是說長相喲！是眼睛，妳的眼睛很像她，簡直是一模一樣。」

勞赫的灰色雙眸笑得瞇成一條線。

「你是說……你太太嗎？」

聽到奇諾這麼問，勞赫點點頭說：

「沒錯，我到現在都還會夢到她呢！」

「……難不成我加入部落之後，會被安排跟你結婚？」

「沒錯。」

「…………」

「再見了，很高興認識妳。」

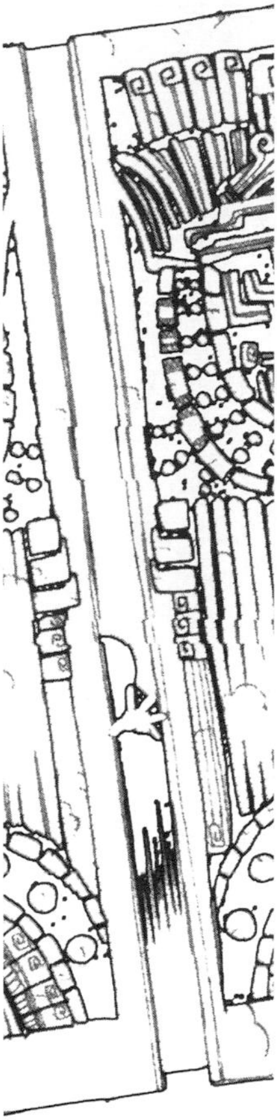

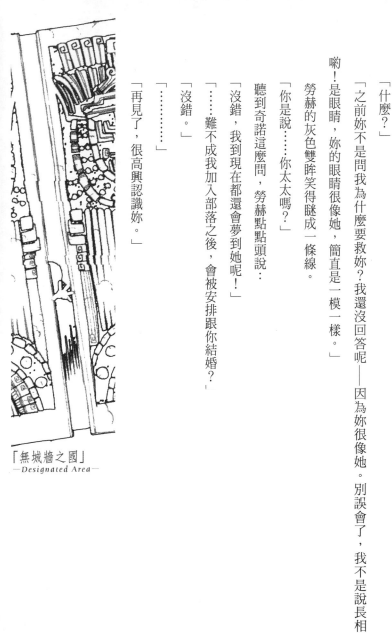

勞赫說完就背對著奇諾離開。

望著離去的男人，奇諾開口說道：

「我永遠都不會忘記你的救命之恩……再見。」

男人沒有回頭，只是輕輕揮了揮手。

摩托車的引擎聲響徹部落，然後就揚長而去了。

至於孩子們則躲在其中一個帳篷裡顫抖不已。不久入口打開，灰眼男人獨自走了進去。他緩緩地開口說有事情要跟大家說。還說那是很重要的事，希望大家注意聽。

孩子們慢慢地集聚在男人四周，男人環視一下所有孩子的眼睛，就在他準備開口說話的那一瞬間，鐮刀突然刺穿了他的喉嚨，讓他完全說不出話來。

有孩子大喊：「我們看到了！你是大家的敵人！」男人拼命動著發不出聲音的嘴巴試著解釋，只是過沒多久就斷氣了。

孩子們走到外面，然後開始哭了起來。當大家都哭累了，有個孩子開口說道：接下來我們只能靠自己的力量生活了。大家也都點頭贊同。還有個孩子說：往後我們必須做大人過去做的事，大家也都點頭贊同。

孩子們在族長的帳篷裡尋找是否有什麼派得上用場的物品。有孩子找到一只裝滿「奇怪東西」的大包包。

那裡面裝的都是煙草。過去從沒有人發現，不過那是族長為了因應緊急時刻而預藏好的相當數量的煙草。

有孩子發現那些是大人平常抽的煙草，還有孩子提議要抽抽看。可是有孩子說那些是大人專用的東西，亂動會挨罵的。

「從現在起我們就是大人，所以這些是給我們的獎賞。」

這個提議得到大家的贊同，於是嘴巴叼著煙斗的孩子們便開始抽那些煙草。剛開始有些人覺得那嗆辣的感覺很不舒服，不過為了成為大人，也甘心忍下去。

大約半個月之後。

這支部落……

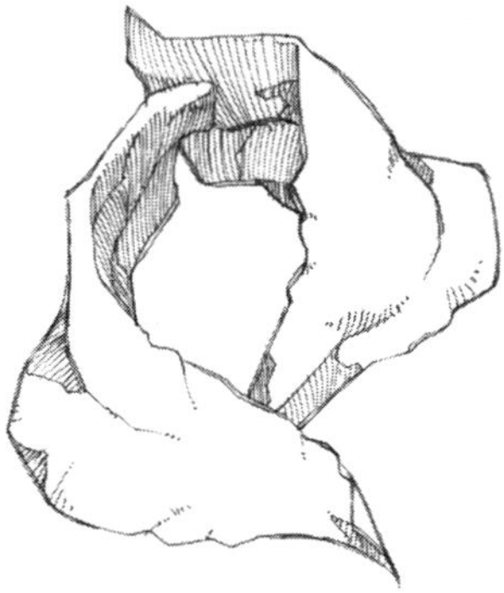

第二話
「說服力」
—Persuader—

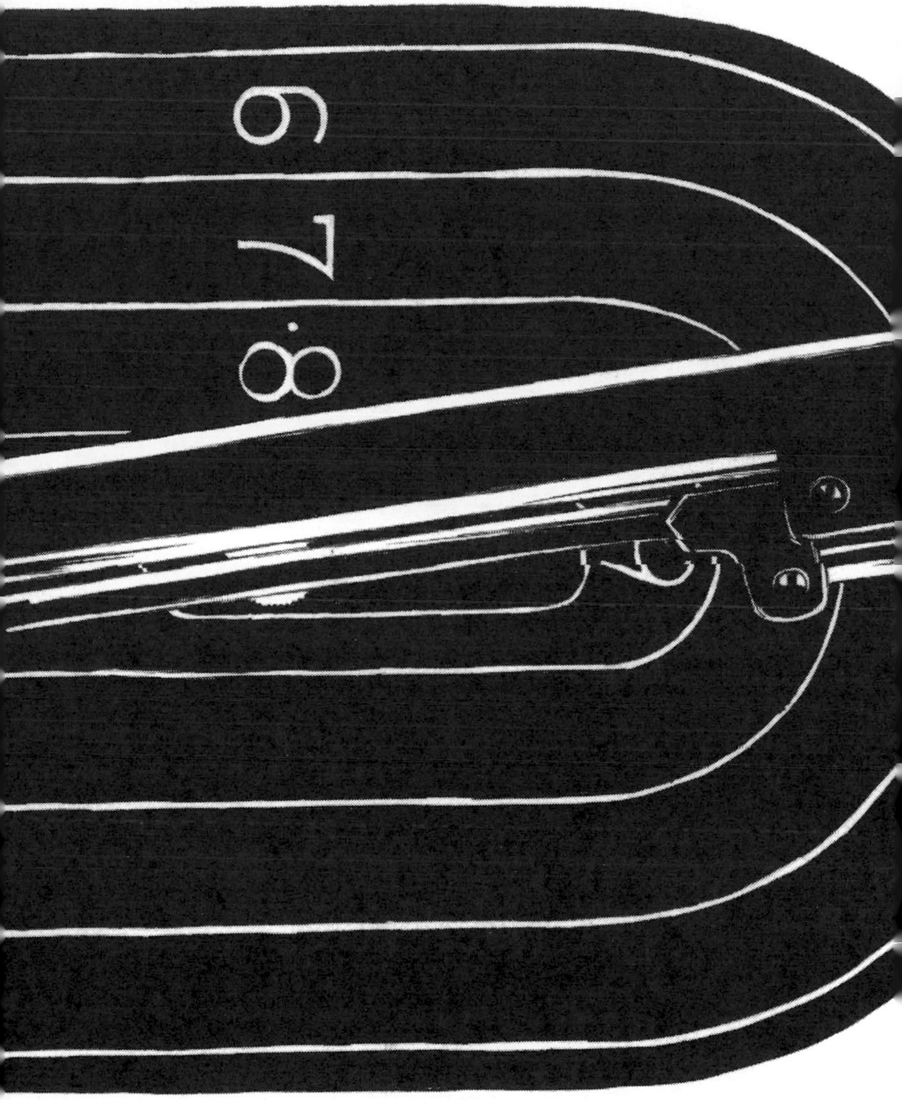

第二話「說服力」
—Persuader—

那裡是一座草木繁茂、林木蓊鬱的森林。午後的陽光透過新綠枝芽的縫隙照進來，靜謐中可聽見鳥兒的輕啼。

母鹿跟小鹿一起吃著草，開心又悠閒地享受著牠們的用餐時光。

不過母鹿突然抬頭，小鹿則繼續吃著牠的草。隨著草被撥開的聲音，有個人從林間跳了出來。鹿嚇得僵住了，那人也被這兩頭鹿嚇到，並反射性地舉起手上的掌中說服者瞄準牠們。

這個人很年輕，年約十五歲左右，或許還更小。身穿沾滿泥土的藍色長褲跟略厚的綠色夾克，頭上戴著附有帽沿跟耳罩的帽子，而且還莫名其妙地戴著防風眼鏡。眼鏡後的表情頗凝重，看得出正受到什麼威脅。

那人看著落荒而逃的兩頭鹿，吐了一口氣。經過短暫的休息後，又繼續往前走。其手上的說服者屬於能夠擊發散彈的滑套槍機式的，槍管下方還附有管狀彈匣。

跑了一段路之後，那人閃進粗壯的樹木後方躲避，並迅速地把說服者指向自己剛剛走過來的方向。然後把大眼睛睜得更大，屏住氣息，像是在尋找著什麼。

過沒多久，草叢緩緩搖動著。那人反射性地瞄準那裡開槍，就在槍聲響起的同時，茂密的雜草被打得滿天飛舞，可是裡面並沒有半個人。

那人悄悄地嘖了一聲，迅速奔離原來身處的位置，並用左手反覆拉扯槍管下的滑套，讓散彈的彈殼飛出來，然後裝填上新子彈。

那人低著頭，頭也不回地拼命跑。一路上越過許多草叢之後，又跟之前一樣躲了起來。這下已經是氣喘如牛了。

為了盡速擦掉眼皮上的汗珠，那人用指甲推推防風眼鏡的鏡片。而且在不曉得接下來會發生什麼事的情況下，不斷重覆著同樣的動作。

「冷靜點，奇諾。要跟平常一樣冷靜。要害怕或恐懼，等事情結束再說吧！」

那人小聲地嘀咕道。

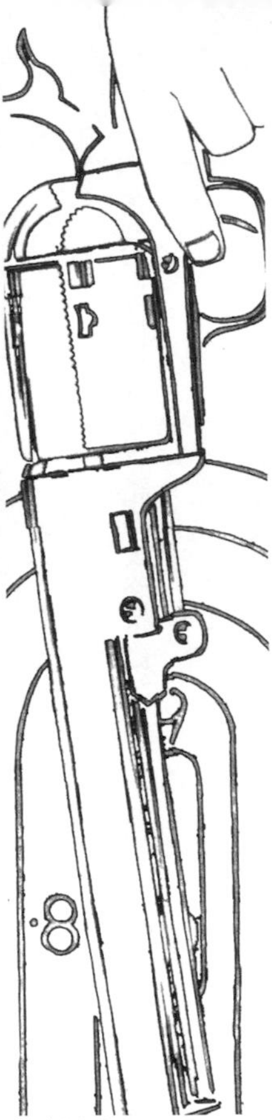

「説服力」
— Persuader —

接著這個自稱是奇諾的人略帶微笑地再次握起說服者，又從腰際的包包取出一顆散彈放進彈匣裡。

兩手緊握著說服者的奇諾閉上眼睛，感覺很像是在樹蔭下冥想。

她保持著這個姿勢，靜靜地過了幾十秒。

沙沙！

不遠處傳來輕輕踐踏草叢的腳步聲。

沙沙！那聲音又出現了，而且變得比較大聲了點。

沙沙！又出現了，這次變得更接近。

沙沙！又出現了。這次奇諾慢慢張開眼睛。

當她再次聽到那個聲音響起，也同時把說服者瞄準那個方向開槍。

散彈只打穿了幾片葉子，她左側的草叢搖晃了一下。奇諾再次填充子彈並且迅速瞄準，就在她準備開槍的那一刻，她發現到右側樹蔭下有隻同樣握著掌中說服者的手也瞄準著自己。奇諾拼命閃躲對方的狙擊，只可惜她已經被鎖定在射程內，並且被擊中。

子彈打中奇諾戴著帽子的額頭，那是一顆直徑約十釐米的圓形ＢＢ彈。

「怎麼樣，奇諾？」

擊中奇諾的人一面從樹木後面走出來一面問道。

那是個滿臉笑容的老婆婆，有著苗條的身材跟一頭梳理服貼的銀髮。她穿著合身長褲，襯衫上還披著淺綠色的羊毛衫，她跟奇諾一樣戴著防風眼鏡，右手則握著大口徑的左輪槍。

「很痛，不過心裡更不甘心。」

奇諾捂著頭，抬眼答道。

老婆婆摘下奇諾的防風眼鏡跟帽子，發現她額頭有些破皮，滲出了一點點血。老婆婆從奇諾的夾克口袋裡掏出小紗布跟消毒液，把紗布用消毒藥水浸濕後貼上她的額頭，並用膠布固定住。

「妳還很年輕，要好好保護臉蛋哦！」

老婆婆溫柔地微笑著說道。

「歡迎妳們回來！」

森林裡有一條羊腸小徑，一輛立起腳架停放在那裡的摩托車對撥開草叢走過來的老婆婆跟奇諾

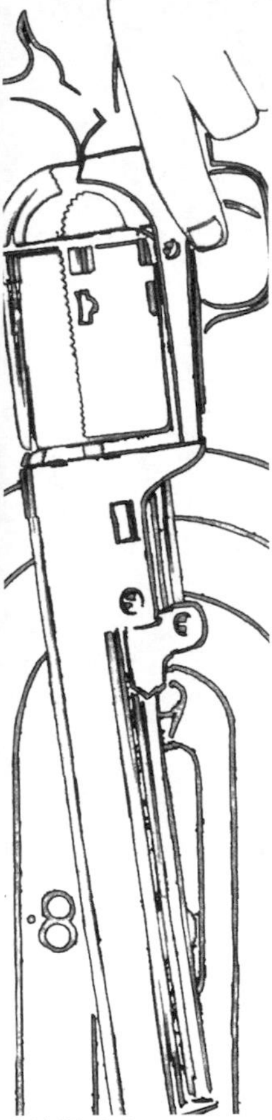

「說服力」
— Persuader —

說道。

「讓你久等了，漢密斯。」

老婆婆稱之為漢密斯的摩托車只問了面色凝重的奇諾一句話。

「打到哪裡？」

奇諾不發一語地指著帽子上的額頭位置。

「反正還有待練習啦！我們準備回去煮飯吧！」

老婆婆說著，把左輪槍收進擺在漢密斯車身上的手提包裡。

奇諾把說服者遞給老婆婆後，便跨上漢密斯發動引擎，隆隆作響的引擎聲響徹森林。

老婆婆側坐在舖上坐墊的後方載貨架上，接著，奇諾緩緩地駕著漢密斯前進。

「奇諾，其實妳沒必要那麼沮喪啦！」

漢密斯邊行駛邊對她說，不過奇諾還是沉默不語，坐在後面的老婆婆則露出一副若無其事的表情。

騎了一陣子，奇諾突然把漢密斯停下來，同時漢密斯也小聲地說：

「嗯，應該是三個人吧？」

前方仍舊是一條森林小路，不過再往前一些的道路上有一側是一片田地，且依稀看得見田地的前面有棟小房子。

奇諾回頭詢問老婆婆：

「今天有火藥商要來嗎？」

老婆婆搖搖頭說：

「不，我可沒有約喲……奇諾，下車吧！」

「咦？」

「等一下看我的暗號，把那些人全制服吧！但是記得留一個活口。」

老婆婆把奇諾方才使用的說服者交給她。

「這……我沒自信耶！」

「要是有什麼差錯，我會出手幫忙的，就當做是練習吧！」

「可是……」

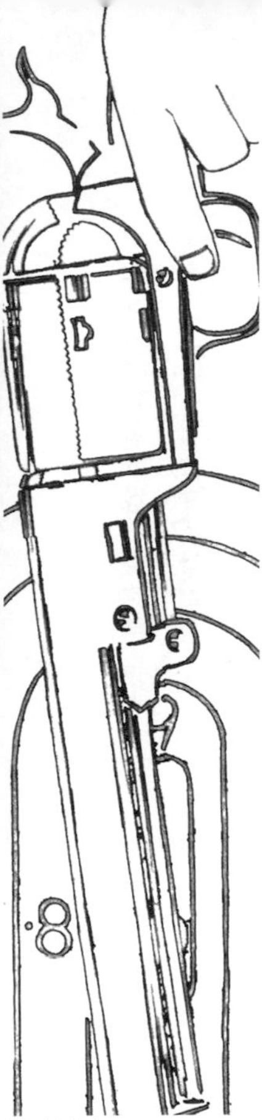

「說服力」
— Persuader —

老婆婆笑著對著猶豫不決的奇諾說：

「奇諾，妳不是想變得更強嗎？」

「……是的。」

奇諾話一說完，就抓著說服者飛快地消失在森林裡。

老婆婆則坐在漢密斯的駕駛座上。一感覺到她握住自己的龍頭把手，漢密斯便小聲說：

「呃……請不要把我弄倒哦！」

老婆婆輕輕地點了幾次頭，她的雙手分別握住把手兩端並說：

「放心，我記得很清楚喲！這邊的是剎車，這邊的是離合器。」

「妳說反了……」

在森林跟田地之間有棟小木屋。

小木屋的玄關前站著三名怎麼看都像是盜賊的男人。分別是胖男人、瘦男人跟臉上有傷的男人。他們各持著長步槍型的說服者。騎乘的馬匹則繫在玄關。

男人們看到發出轟隆聲慢慢行駛而來的摩托車跟騎在上面的老婆婆，便唸唸有詞地說：「真被打敗了……」

老婆婆總算順利地把漢密斯停在小木屋跟那些男人面前。然後，

「不對，要用那隻腳把腳架撥下來……」

「這隻腳嗎？喔，這根突出來的東西是嗎？我想起來了！」

「沒錯。啊，可是不能把我停在土質鬆軟的地方……否則腳架會……」

「嗨咻！」

老婆婆好不容易把腳架撥出來把漢密斯停放好，然後提著手提包下了車。不過腳架卻慢慢地陷入泥土裡，結果漢密斯啪地一聲倒在地上。

「過份……」

其中一名盜賊粗里粗氣地大聲問：

「喂，老太婆！妳是這房子裡的人嗎？」

老婆婆向他們點頭打招呼後說：

「真是稀客啊，我這就端茶來招待三位。」

盜賊們訝異之餘，嗤之以鼻地笑著說：

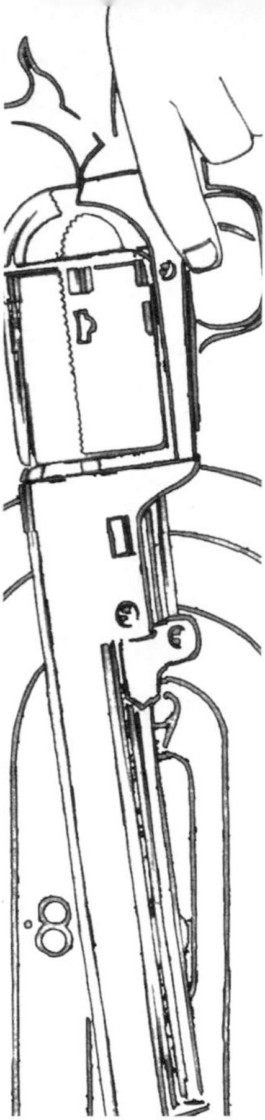

「説服力」
— Persuader —

「不用端什麼茶了！馬上把妳家裡值錢的東西全拿出來吧！只要妳乖乖聽我們的話去做，我們會考慮饒妳一命，否則……」

「否則什麼？」

「妳想被我們當場幹掉，曝屍荒野嗎？」

「你們是在威脅我嗎？」

老婆婆像是在確認似地問道，盜賊們發出嘶啞的聲音說：

「沒錯！老太婆妳是癡呆了嗎？有沒有把我們的話聽進去？」

老婆婆換隻手拿手提包，然後說：

「聽到了——奇諾，動手吧！」

這時奇諾從森林裡跳出來開火，ＢＢ散彈全命中胖男人的頭部，打得他整個人倒向了地上。接著奇諾又近距離地跳進高大男人的正前方，用說服者的槍托往他的胯下猛打，然後再往上一揮，打中他的下巴，狠狠地讓他吃了一記上勾拳。然後她再利用倒下的人當擋箭牌，開槍命中最後一個人的雙手。

「……啊、啊啊啊？」

臉上有傷痕的男人武器頓時掉在地上，捂著疼痛的手慘叫，他的兩名伙伴已經躺在地上，失去了意識。

奇諾十分謹慎地繼續瞄準那個男人，一旁的老婆婆開口問道：

「請問……」

「哇！」

男人嚇得直往後退。

「沒必要嚇成這樣啦，我不會要你們的命的。不過……」

「什、什麼事……」

「請把值錢的東西全拿出來吧！」

「什麼？」

「如果你們原本就幹這種勾當，身上一定有值錢的東西吧？請把那些全都交出來吧，否則……」

「……否、否則怎麼樣？」

老婆婆笑著說：

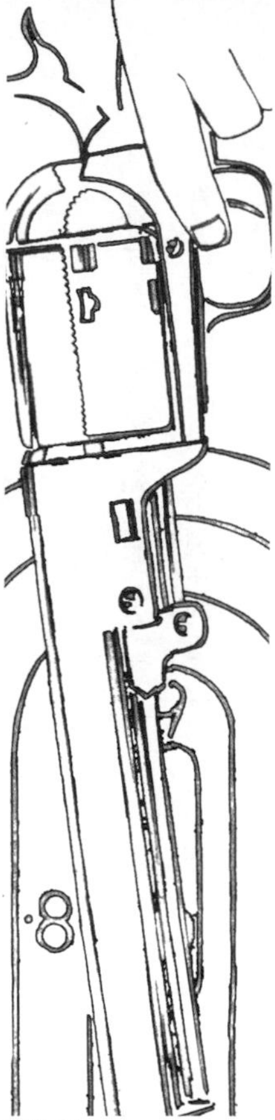

「說服力」
— Persuader —

「哎呀，你們應該心知肚明吧？」

看著拼命點頭的男人，倒在地上的漢密斯小聲地說：

「真是個惡魔！」

「往前走大概半天的行程，就會看到一條河。那條河很淺，騎馬便可以渡河——然後，在你們抵達對岸以前，千萬不准回頭看！」

聽完老婆婆說完這最後一句話，臉色蒼白的盜賊們便落荒而逃。

奇諾一臉訝異地目送他們離去。

老婆婆手提著裝滿寶石跟手環等東西的麵包籃子，然後對奇諾說：

「幹得真好！好了，我們準備煮飯吧！」

奇諾看著老婆婆並點點頭。

而漢密斯連忙對準備轉身進屋裡的兩人說：

「去煮飯之前，先把我抬起來吧……」

在傍晚的森林裡。

奇諾手持一把斧頭從屋子後門走出來，漢密斯則停放在窗邊。

距離不遠處，有一座堆積如山的柴火堆跟一個樹樁，斜切面上可見層層的年輪。

「我說漢密斯呀，」

奇諾在挑出幾根木柴的時候，突然開口說道。

「嗯？」

「那些盜賊明明那麼不堪一擊，為什麼還要當盜賊呢？」

「…………」

「其實我不太想這麼說人家啦……不過那樣不是很危險嗎？」

漢密斯小聲地對表情訝異的奇諾說：

「……我倒覺得不是因為他們不堪一擊……」

「嗯？」

奇諾回過頭來，露出額頭上那塊小小的瘀青。

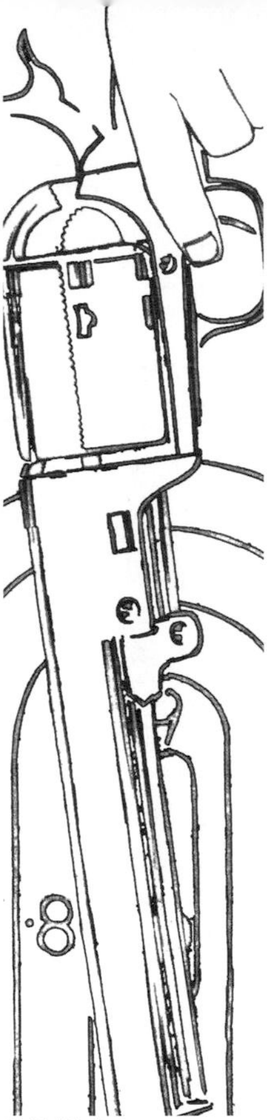

「說服力」
— Persuader —

「不，沒什麼。妳還是快點把柴砍完吧！」
「說的也是。」
奇諾把木柴堆到了樹樁上。
在奇諾走到漢密斯停放的地方時，又重新握好手上的斧頭。
「喲！」
她輕輕喊了一聲，同時把斧頭往木柴的方向擲去。
只見斧頭騰空翻了兩圈之後飛了過去，把木柴劈成了兩半。

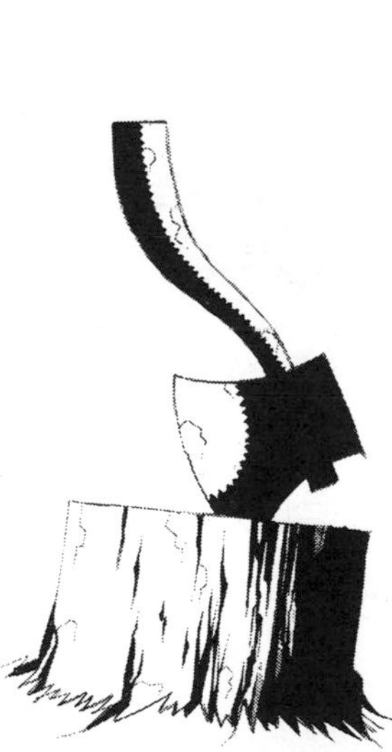

第三話
「相同臉孔之國」
—HACCP—

第三話「相同臉孔之國」

—HACCP—

這裡的地形看來就像是好幾張矮桌子。

在這片佈滿棕色泥土跟石子的大地上，有幾處和緩的山丘，而山丘與山丘之間，有塊原本很平坦的地方，現在則留有雨水沖刷的痕跡。但經過風化之後，如今谷底又變得一面平坦。山丘上跟山谷裡皆是寸草不生。

天空蔚藍得宛如透明，唯有高處飄著幾絲薄雲。

這裡有一條道路，那是整片風景中唯一一條白色的線，這條路爬上山丘走一段平坦的路，下了山丘再走一段平坦的路，如此這般地週而復始著。

一輛摩托車揚起乾燥的沙塵疾駛著。

摩托車上載滿行李，後輪兩側各裝著一個箱子，上面綁著大包包跟睡袋。而綁在一旁的銀色杯子則隨著路況上下晃動。

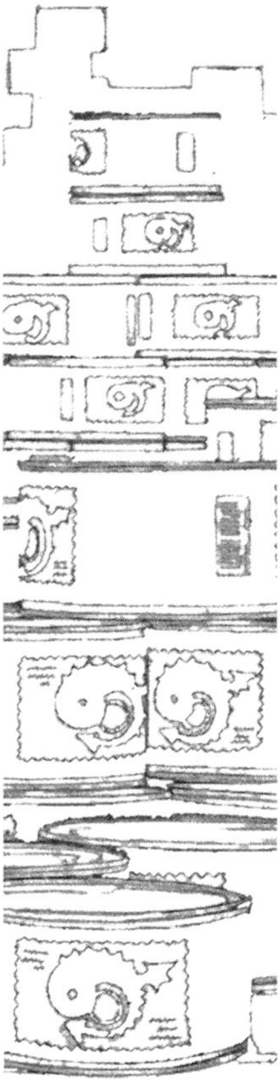

車上的騎士穿著棕色大衣，長長的下襬則捲在兩腿上。頭上戴著附有帽沿跟耳罩的帽子，臉上戴著防風眼鏡。為了擋塵埃，還把頭巾纏在臉上。

摩托車沿著山丘斜坡往上爬，然後奔馳在天然的「桌面」上。就在她們下坡到某一個地點時，摩托車騎士突然緊急剎車，後輪稍微打滑了一下，摩托車跟騎士頓時籠罩在揚起的塵土中，但不一會兒便全消散了。

「看到了嗎，漢密斯？」

騎士一面摘下頭巾一面說道。她的長相很年輕，年約十五歲左右。

叫做漢密斯的摩托車回答：

「嗯，看到了看到了，相當壯觀呢！」

「是啊！」

騎士點點頭回答。

她們低頭看到的，是一座相當遼闊的山谷，遼闊得無其他山谷可比擬，連對面的山丘都只是依稀可見。在那山谷的中央，有一個國家。

高聳的城牆形成一個巨大的圓形，中央可見大型建築物櫛比鱗次的城鎮，四周圍繞著鮮綠色的森林，森林裡還有好幾處清水湛藍的水池。

圓形區域內的綠色森林與外頭的棕色荒野，形成兩個截然不同的世界。

「奇諾，那些水是？」

被漢密斯這麼一問，名叫奇諾的騎士答道：

「大概是地下水脈吧！昔日創造出這片山谷的大河，如今仍在地下深層流動著呢！」

「喔——原來如此。奇諾，那我們加快腳步吧！我對景象如此壯觀的壯麗國家很有興趣呢！」

漢密斯開心地說道。

「我也是呢！」

奇諾把頭巾重新綁好。

接著她發動漢密斯，順著山谷的坡度往下走。

此時有人正從遙遠的地方用高倍率的望遠鏡窺伺著奇諾跟漢密斯。那人在地面挖了個洞，並在上面覆蓋了同顏色的布。

那人非常驚訝地說：

「這下糟了……她要去那個國家耶！」

在他身旁的人問道：

「是個旅行者吧？可能是不曉得那國家有多可怕吧？」

先開口的那人聲音有些驚恐，從嘴裡吐出幾個字：

「要是知道的話，哪有人敢進去……」

然後又繼續說：

「中士，快聯絡總部！有緊急情況發生！」

那個國家的城牆只有一道城門。奇諾從後方整整繞了一圈才繞回來。

城門前有個小崗哨，裡面有一男一女的衛兵兼入境審查官。

奇諾向審查官報告想入境三天觀光跟休息。於是審查官提出一個條件。

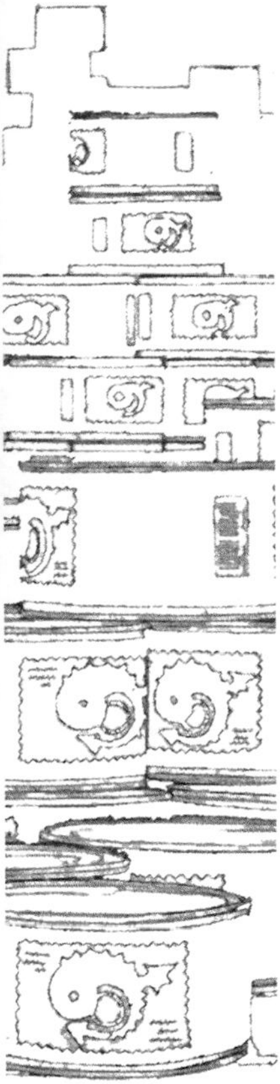

「相同臉孔之國」
— *HACCP* —

「入境前需要幫妳驗血，這是為了防止任何不知名的疾病流入本國，而驗血過程將花一點時間，這點請妳諒解。」

奇諾詢問具體的驗血方式，對方表示將用針筒從她手臂抽血出來。

「…………」

看到奇諾突然沉默不語面露苦惱狀，漢密斯問道：

「怎麼了奇諾？……不敢說妳怕打針嗎？」

奇諾很快地說：「怎麼可能，我才不會那麼說呢！」在審查官彬彬有禮的帶領下，奇諾便走進崗哨裡面。

過了沒多久，奇諾一臉疲憊地走了出來。

「唯獨這件事，不管做幾次我都不會喜歡的……」

她用小聲到別人聽不見的聲音如此碎碎唸。

太陽緩緩西下。

「不好意思，可能還要再花點時間。」

男性審查官對坐在漢密斯上發呆的奇諾說道。

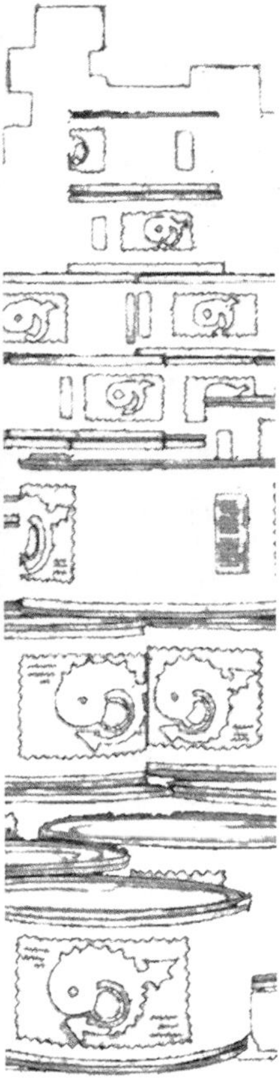

又等了好一陣子，當橘紅色的太陽就要完全西沉時，審查官從崗哨跑出來說：

「檢查結果出來了，妳可以入境！抱歉讓妳久等了！」

奇諾敲醒已經睡著的漢密斯，背對著敬禮的審查官緩緩推著漢密斯通過城門。

一走進這個國家，便看到被城牆的影子遮掩得一片昏暗的視野裡，蔓延著一片森林。前方停著一台大型車輛，有幾個人正在等奇諾；包括一對中年男女，還有兩名年輕的女子。

「歡迎妳，旅行者，不好意思讓妳等那麼久，時間也不早了，讓我們開車帶妳到飯店吧！」

聽到對方這麼說，奇諾正準備道謝，可是看到對方的臉卻嚇了一跳。

那個男人竟是剛剛站在城門外的審查官。

「……不，不一樣。」

奇諾隨即小聲地自言自語著。因為眼前這個男人，怎麼看都已經超過五十歲了，絕對不會是同一個人。

於是奇諾向男人道謝。可是當她看到旁邊那些女人時，又嚇得目瞪口呆了。

那個中年女人跟剛才的女審查官長得一模一樣，僅依稀可看出有些年紀罷了。至於她後面那兩人跟外面的女審查官相較，簡直是同一個模子刻出來的，不同的只有身上的衣著而已。換言之，那兩人長得一模一樣。

中年女人笑容滿面地表示他們是經營飯店的，還介紹身旁兩位是她的女兒。奇諾聞言連忙道謝。

「謝……謝謝。」

他們讓漢密斯跟奇諾上了自己的車之後，便朝飯店的方向前進。

途中，中年女人說：

「抱歉讓您久等了，因為我國的入境規定比其他國家還要嚴格。無論如何，希望您停留的這幾天能夠玩得盡興。」

奇諾聽了只是含糊地應答著。

抵達飯店之後，奇諾跟漢密斯被帶領到大廳。這個飯店裝潢得非常富麗堂皇，但卻不見其他房客，櫃台裡站著一名身穿西裝的年輕男子，他的長相也跟審查官一模一樣，只是說話的方式跟髮型有些不同。

兩名服務生模樣的年輕男子，特地從漢密斯上頭把奇諾的行李卸下搬了過來，那兩人也跟審查官、櫃台人員有著相同的長相。

「…………」

奇諾跟漢密斯默默的被領到一個大房間裡。奇諾很細心地詢問房價，但是帶她來的服務生說：

「對於外地來的客人我們一律免費招待，請您慢慢休息。有什麼需要，儘管按服務鈴。」

接著便畢恭畢敬地行禮離去。

房門關上後，奇諾站在原地沉思了一會兒。

「漢密斯，」

「嗯？」

奇諾確認這房間沒有其他外人後便問道：

「今天我們見過的那些人，像審查官、櫃台人員、服務生等等，全都是飯店老闆他們家人……對吧？因為長得實在太像了。像那些女人，我剛開始還以為她們是三胞胎呢……」

「或許吧，不過未免也太多了吧？」

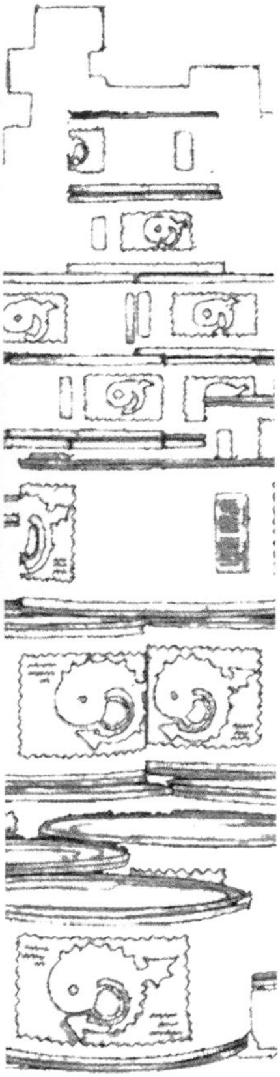

「可是……」

漢密斯若無其事地說：

「搞不好這個國家的人全都長得一模一樣呢！奇諾妳或許沒有注意到，不過外面很多人來來往往的，男人全長得一個模樣，女人也全長得一個模樣。」

此時正準備脫下大衣的奇諾僵住了。

「……你怎麼……知道的？」

奇諾相當訝異地問道。

「嗯——……」

漢密斯稍微想了一下，然後用平常的語氣說：

「他們會不會都是在同一家工廠的同一條生產線上製造出來的？如果真是那樣，就沒什麼好奇怪了。」

「…………」

奇諾一面摺著大衣，一面用驚訝的表情看著漢密斯。

「怎麼了？」

「……今天好累哦，我想馬上睡覺。明天試著在不失禮的情況下問問看好了。」

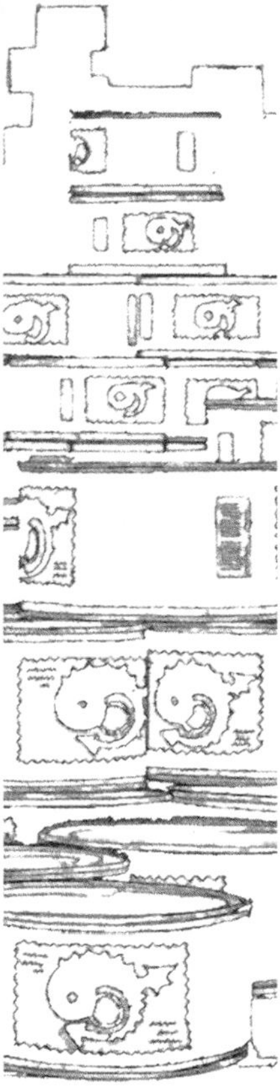

「了～解！」

奇諾把身上的黑夾克跟腰際的皮帶脫掉，同時也把掌中說服者的槍套取下來。

接著奇諾去沖了澡，之後便躺在乾淨的床上睡著了。

隔天早上，奇諾隨著黎明起床。天氣還不錯。

在做過說服者的操作練習跟維修後，她又稍微活動了一下筋骨。

太陽升起，從窗外望去，整齊的街道跟茂密的綠蔭非常美麗。

奇諾待在房間裡吃早餐。毫無例外地，當著她的面做料理的廚師也同樣有著與服務生跟櫃台人員相同的臉孔。

吃完早餐，奇諾把漢密斯叫醒，然後穿著夾克來到了大廳。

飯店外約有二十個人，全都隔著玻璃注視著旅行者奇諾跟漢密斯。他們的年紀雖然不同，不過男人全長得一個模樣，女人也全長得一個模樣。

漢密斯問奇諾，

「沒有嚇一跳嗎？」

奇諾輕輕搖頭說：

「……已經習慣了。」

「這樣啊。」

飯店老闆帶著一名年約三十五歲的男子過來，他的臉也長得一樣。

男子說：

「早安，奇諾、漢密斯，我是政府派來的，在此將配合妳們的需求來進行導覽服務，不知妳們意下如何？想知道這個國家的任何事情，我都會竭盡所能回答的。」

奇諾對嚮導說：

「謝謝，希望你能幫我們帶路。……其實我現在就有個問題想請教你。」

「請說，什麼事呢……不過老實說，我也知道妳想問什麼。」

嚮導笑著說：

「『為什麼大家都長得一模一樣』對吧？」

奇諾點點頭，嚮導也點頭說道：

「我會原原本本解釋給妳聽的，不過同時我也想帶妳到一個地方，請上車吧！」

在眾多相同笑臉的歡送下，奇諾跟漢密斯上了車。

他們隨即抵達了一棟大型建築物。那是棟白牆、無窗的方形建築。

他們一進去就被帶到華麗的待客室裡，奇諾坐在椅子上，漢密斯則用腳架立在一旁。

「再次歡迎妳大駕光臨本國，那麼現在就來回答妳剛才的問題。」

嚮導的言行舉止有點裝腔作勢。

「其實我們全都是複製人。」

「？什麼是『複製人』？」

奇諾問道。

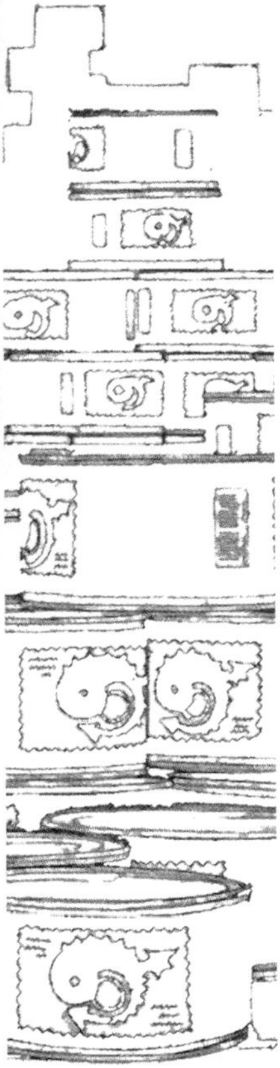

「就這個字的定義來說，複製人指的是『基因構造完全相同的生物』。」

「『基因構造』？」

「是的。每個生物體內都有『基因構造』，也就是類似『設計圖』的東西。事實上它的差異非常非常微小，卻也因為這種差異，才會產生各種不同種類的生物。即使是同種類生物，其模樣或形體也會有微妙的差異。以人類來舉例，像容貌、膚色、髮色、眼睛顏色就會有所不同。『基因構造』的不同，會造成個體……就人類來說也就是個人的不同。——到這裡妳聽得懂嗎？」

「嗯，我懂。」

奇諾神色坦率地說道。

「於是呢，讓某個個體的『基因構造』跟其他生物們完全相同，就稱為複製。譬如說砍斷樹枝種在土壤裡，那樹枝就會紮根繁殖。如此一來，這兩棵樹就是從原本的樹一分為二，而『基因構造』也就一模一樣。這也算是複製的一種，到這裡懂嗎？」

奇諾點頭說道：

「我懂，就是插條法嘛！」

「沒錯。所謂的複製，本來就有『枝幹』的意義。」

嚮導繼續說：

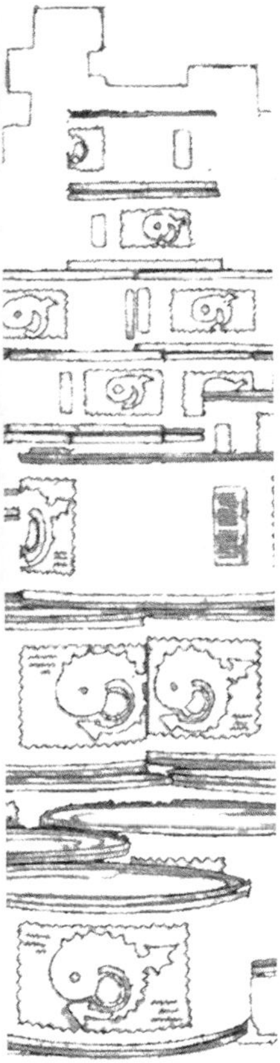

「而把那個原理應用在人類上的，就是我們。男人複製男人，女人複製女人。男女性都各有一個最原始的模特兒，然後我們全都是他們複製的個體。如果說得通俗一點，也就是『模造人』。這樣妳應該瞭解我們的長相之所以相同的原因吧？」

「嗯，非常瞭解。如果不是用那種技術，反而奇怪呢！」

漢密斯說道。

奇諾瞄了一下漢密斯，然後詢問嚮導。

「那麼……那個……你們是如何辦到的？」

「妳是問我們是如何複製個體的嗎？」

「是的。」

「本來如果各有一名成長到一定程度的男性跟女性，就可以讓女性負責生育小孩。可是如此一來，那孩子會變成『基因構造』不純的人類。也不能達到兒子跟爸爸長相一樣，女兒跟媽媽長相一樣的目標。於是我們便採取其他方法。」

奇諾問道：

「也就是說，那個……完全不需要『雄蕊與雌蕊』囉？」

嚮導露出淡淡的微笑說：

「是的，沒錯。換句話說，也不需要『送子鳥』喲！」

奇諾瞪大眼睛並輕咬下唇說：

「嗯……可以麻煩你盡量用我也能理解的方式，說明那個具體的方法是什麼嗎？」

嚮導對興趣盎然的奇諾說：

「那當然，也因此我才請妳來到這裡，這裡就是執行那個方法的機關。不過在帶妳進入館內以前，請容我向妳簡單說明一下本國的歷史。」

很久很久以前，一個男人跟一個女人費盡千辛萬苦，來到這片沒有任何人、甚至寸草不生的土地。這兩個人正是目前全體國民的始祖。

這兩個人在他們遙遠的祖國從事生物與醫學的研究，但是其他人卻無法接受他們提倡的研究，也就是對人類進行複製。最後甚至還下令禁止進行這項研究。

於是這兩個人決定離開自己的國家。他們把開發出來的整套裝置裝進巨型卡車裡，開始尋找沒有人會阻撓他們的新天地。

然後，他們倆在這裡挖掘到地下水脈。當水的問題解決了，他們倆就開始種植花木、穀物以及飼養家畜。

同時為了要試驗研究的成果，他們還製造了自己的複製個體，並把平安出世的嬰兒們當成自己的小孩呵護撫養。

不久，隨著糧食產量增加，確實的個體數……用另一種說法也就是人口，也跟著增加，於是我們國家就這麼形成了。之後的數百年，我們一直過著安定的生活。

「那麼我們進去吧！」

在嚮導的帶領下，奇諾跟漢密斯往通道走去。

他們跟好幾個身穿白衣……當然長相也一模一樣的人們擦身而過。通過了好幾個嚴密的檢查站之後，終於來到一扇門前。

嚮導表明就是這裡之後，略帶幽默地說：

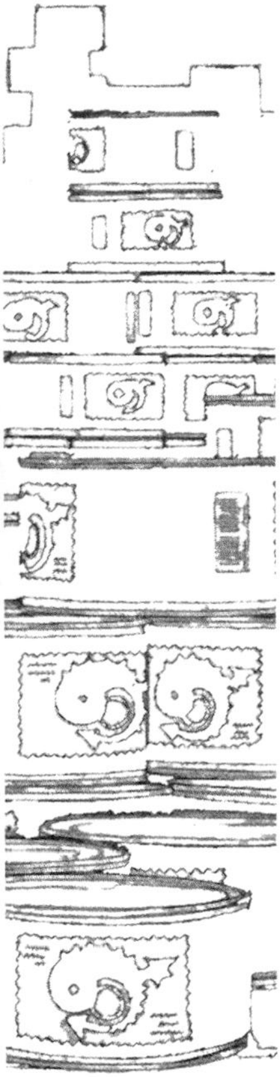

「相同臉孔之國」
— HACCP —

「歡迎來到『高麗菜田』！」

接著便打開了大門。

裡面有一條很長的通道，一邊的牆是玻璃鑲成的。

奇諾推著漢密斯慢慢往裡面走。

玻璃牆的後方平行延伸著比走廊略為寬敞的空間。長得像粗大柱子的黑色玻璃管則保持一定間隔地排列。

「那個玻璃管就是我們的『子宮』。請妳看十四號。」

嚮導話一說完，便按下手邊的開關。

只見管子上的黑色越變越淡，裝滿液體的玻璃管中央似乎有些什麼。

最後終於可以看清楚那物體的形狀，那小小的物體有手、有腳、且頭部朝下，肚臍還有根向上延伸的管子。

奇諾唸唸有詞地說道：

「是出生前的胎兒……」

「哇塞～」

漢密斯開心地嚷嚷著，嚮導則回答：

「沒錯，那是胎兒。就懷孕週期來說，這孩子已經進入第三十五週了，有時候還會很不安份呢！要關掉了喲！」

於是玻璃管再次染上顏色，馬上又變回一片漆黑。

「胎兒都是用這種方式培育的，成長後就會從這裡取出來，也就是『生』出來，接下來的就跟其他國家沒有兩樣了。至於妳剛才詢問的具體方法……」

奇諾回頭看看嚮導。

「方法有很多種，不過現在我們都是這麼做的。必要的要素有兩個，第一個是使男人長得一個模樣，使女人長得一個模樣的『基因構造』。這無論從身體的哪個部位採集都無所謂。因為採集的『基因』會依據採集的部位……也就是說從手部採集的話就只有手部的『基因構造』。也因為如此才會手歸手，腳歸腳地採集。不過這樣下去實在不方便，所以才動了一點手腳讓它們能具備全體的『基因構造』。另一個必要的要素則是尚未受精的卵子，這就要從女性體內採集並冷凍保存。到這裡聽懂了嗎？」

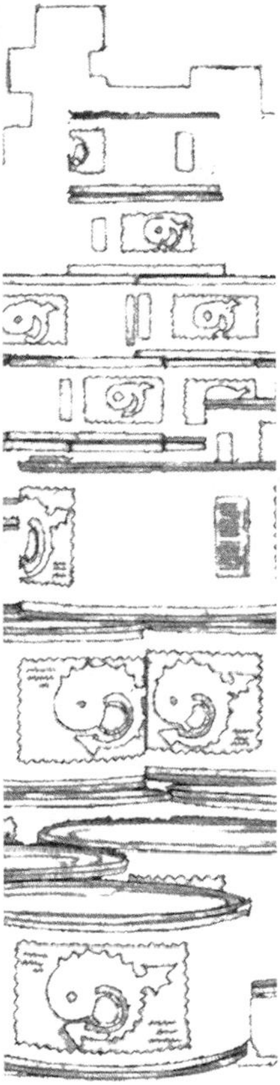

「……應該是沒問題。」
「嗯嗯！」
奇諾跟漢密斯答道，於是嚮導又繼續說明。
「接下來是在卵子裡進行非常細膩的作業，也就是把『基因構造』原原本本地移植進去。如此一來，這顆卵子就會變成具備一模一樣『基因構造』的受精卵。接著這顆受精卵在未來的二百六十五天內就會在『子宮』裡成長。——這樣妳懂了嗎？」
「原來如此……我大致上懂了。」
這時候漢密斯對奇諾說：
「奇諾，這跟我之前講的一樣，就是工廠嘛！」
聽到這說法的嚮導「哈哈哈」地笑著說：
「漢密斯說的一點也沒錯！不過這有別於過去的家庭手工業，大工廠可是有一套完全的品質控管制度。也多虧如此，『流產、難產』或『不孕』等字彙在我國已經不存在了。大部份的人也沒聽說過。」
奇諾詢問嚮導：
「難道沒有人要求用普通的……就是過去的方法生產嗎？這只是我這外行人的看法啦，是否有可能在『基因構造』植入之後，不採用人工的方式，而是讓它回歸女性體內……這不也可行嗎？」

嚮導略帶驚訝地說：

「這怎能說是外行人的看法？奇諾妳現在講的是一種很棒的方法，而且的確能夠實現！現在我們的家畜就是用那種方法來繁殖的喲！畢竟那樣不需要花什麼工夫。可是……目前並沒有人親自嘗試過那種方法，也沒有那種紀錄。畢竟懷孕九個月是很辛苦的事，連工作都沒辦法做。加上懷孕過程也可能會發生剛才提到的意外。換句話說，都已經用電刀來煮開水了，不會有人還花精力去劈柴吧。」

「原來如此………」

「這的確說得過去。」

奇諾跟漢密斯說道。

不過這時候嚮導卻多話起來，他說：

「啊，不過呢！我們還保有『雄蕊跟雌蕊』喲！那可是這國家舒壓的方法……或者說是『基本

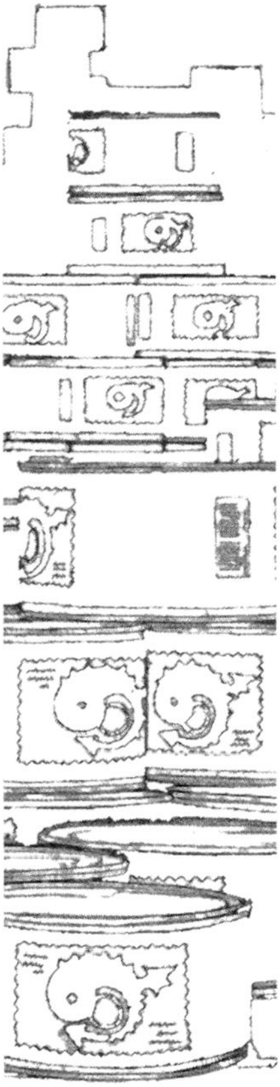

「相同臉孔之國」
— HACCP —

上以兩人進行』的運動之一，跟網球是一模一樣的。奇諾要不要趁妳停留的這段時間試試看？」

說完之後，他又補上一句：

「…………抱歉，我太失禮了。」

之後從通道後面走來一對夫婦。當然男人跟嚮導長得一模一樣，女的也跟其他女性長得一模一樣。只是女子的身材略胖一些。

女子一看到嚮導就驚訝地說：

「咦？想不到我們會在這裡碰面，你今天是請假嗎？啊……你該不會是溜出來摸魚吧？」

「妳講這話太過份了吧？我是來工作的，而且是重操舊業當嚮導呢！她們是奇諾跟漢密斯。」

奇諾對她輕輕點頭打招呼，漢密斯則說，「妳好！」

「喔～她們就是昨天入境的旅行者是嗎？歡迎妳們光臨本國！」

女子爽朗地說道，然後招手要奇諾她們過來。

「妳看，我們女兒就在這裡。希望妳務必跟我們一起看看她。她在這邊，是二十五號！」

於是大家站在玻璃牆前，二十五號玻璃管開始變清晰了。

可是裡頭什麼也沒有。

於是女子拿出望遠鏡瞄準玻璃管，然後面露微笑地把望遠鏡遞給奇諾。

奇諾拿起望遠鏡看，好不容易才看到中央的確有個小小的物體。

「看到了嗎？應該看到了吧？」

「看、看到了……」

奇諾勉強回答。

「可愛吧？很惹人憐愛吧？」

「……嗯嗯……」

她彷彿沉醉在自我世界裡說：

「雖然才進入六週，不過已經跟我長得很像了，很可愛呢！」

「……」

看到奇諾沉默不語，嚮導連忙幫她解圍說：

「好、好了，我們去觀摩教育設施吧！」

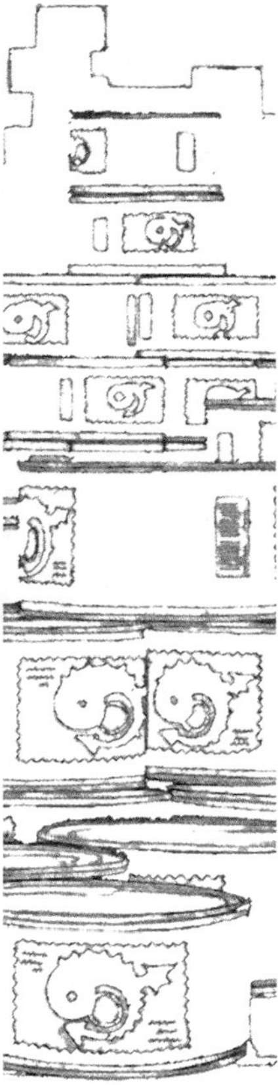

奇諾一行人離開「高麗菜田」，走在一般的走廊上。

「你說的教育設施是什麼？」

奇諾問道。

「顧名思義，就是教導具備資格的人各種事情的地方。我先說明何謂具備資格的人吧！」

嚮導邊走邊說明：

「在這個國家只要年滿十六歲，就可以提出撫養孩子的申請，不過這時候就必須接受考試。不管申請人是否已婚，我們唯一重視的是那個人是否有能力好好撫養小孩。這其中又牽涉到幾個因素。包括那個人的健康、心理狀態、經濟狀況、工作及學業的情形、育兒經驗。是否有可就近給予幫助的人，譬如說家人等等。這過程從申請文件的審查到面試、筆試及實地調查等等。而最後一次考試則是在隔離的設施裡舉行，為期約十天左右。為了要調查申請者是否會對弱小者施暴，我們會進行讓他們無法照自己的想法行動的狀況模擬。甚至在心理上把他們逼到極限，觀察他們會有什麼樣的反應。這項考試如果沒有拿到九十八分就不算及格，也拿不到擁有小孩的資格。」

「好嚴格哦——」

漢密斯說道。

「沒錯，是很嚴格。連做過好幾次的我都覺得很嚴格呢，不過……」

「不過什麼？」

奇諾問道。嚮導繼續看著前方，並且毅然地說：

「如果不能通過那麼嚴厲的審查，是無法為人父母的。當父母的就是無論什麼時候都要溫柔、冷靜，傾全力愛孩子，並不求回報。畢竟扶養小孩跟你隨便買隻寵物烏龜或蜥蜴回家養是不同的。那關係到你未來將送個有擔當的人出社會，甚至於決定他整個人生……對人類而言，有什麼責任會比撫養小孩還要沉重？沒有，我認為絕不會有！」

嚮導握拳激動地說：

「基於半好玩的心理養育小孩、因為虛榮而養育小孩來炫耀、把小孩當成奴隸使喚、希望孩子在未來繼承自己的事業而剝奪他們的未來性及選擇職業的自由、把孩子當成舒壓或喝醉時的娛樂道具施加暴力——歷史上從未見過這些父母所『生』的小孩，有哪一個身心是健全的。政府很快察覺到了這點，也曾針對這樣的案例提出隔離命令。因此讓想成為父母的人接受嚴格的測試，就變得非

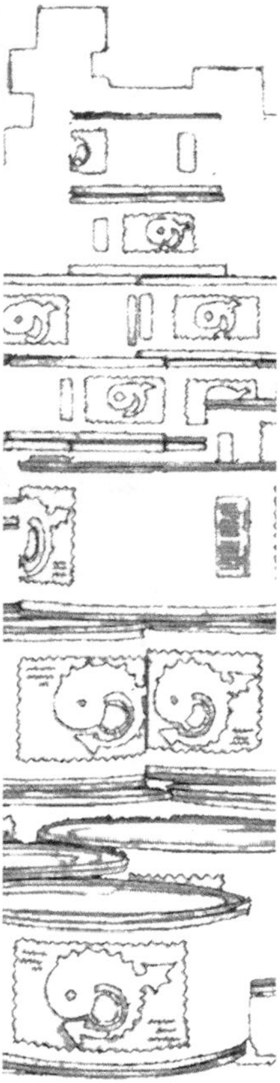

「相同臉孔之國」
— HACCP —

常必要了。這也是為了不讓這個國家走上毀滅之途。因此這個設施不單是為了孩子們，也是為父母親而設的。」

「原來如此……我在某個途中落腳的國家，曾聽過『有其父必有其子』這句話喲！」

奇諾說道。

「『有其父必有其子』，這句話不錯……我會記住的。順帶一提，在這個國家只要父母親殺死孩子，一律都處以死刑。不過孩子殺死父母的話，無論基於任何理由或孩子幾歲，一律都無罪釋放。這也是應該的，畢竟孩子是父母親撫養長大的。當自己養育的孩子對自己踢打踹殺，絕不能有任何怨言。這百分之百都要怪父母親把他養育成那樣，所以必須甘願接受。」

「…………」「…………」

接著他們在放置許多椅子、且前面沒有通路的地方停下腳步。

「對不起，我們走過頭了。」

嚮導說道。

「然後通過審查的人們，也就是拿到資格的人，就等著接受『雙親教育』。第一次為人父母的必須接受為期二百五十日，也就是跟胎兒孕育天數相同的教育課程。」

在通過一扇門之後，奇諾、漢密斯跟嚮導走到另一條通道。那裡也一樣有半邊的牆壁是玻璃牆，還看得見下方是個類似教室的地方。

「請看！」

嚮導指的教室裡，約有十個人正在用洋娃娃練習幫嬰兒洗澡。隔壁的教室則在舉行利用筆記及教科書的讀書會。再隔壁是學習製作離乳食的烹飪教室。學生人數的男女比率各佔一半。大家都在拼命學習。

「我們都是像那樣學習育兒及必要的知識、技術。這也算是最後一次考試的內容，所以沒有及格是抱不到小孩的。也因此大家都非常努力學習，誰要是落榜就不妙了。」

「原來如此。」

奇諾低頭唸唸有詞地說。

「然後到了最後，就是迎接等候許久的『生產』的日子。這時候就能夠第一次親手抱到自己的小孩。……老實說，真的很感動喲！一想到手裡的小生命跟自己有著相同『基因』就覺得非常感

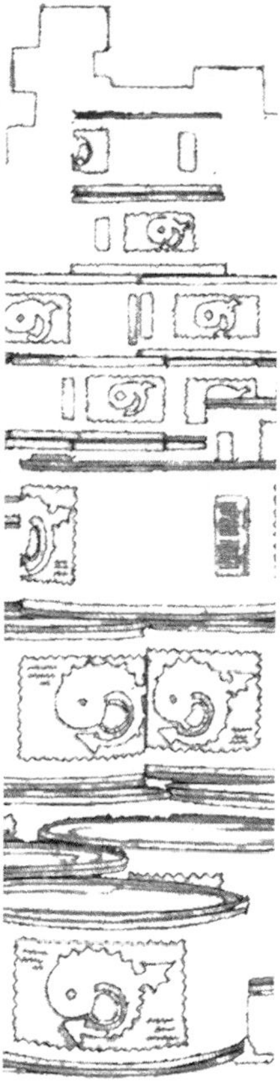

「相同臉孔之國」
— HACCP

動。雖然我們明知道這國家的男人全長一個模樣，女人也長一個模樣。但是當你面對的是跟自己長相一樣的孩子，那種分身的感受又截然不同了。至於像我這種已婚者而言，對心愛的妻子及跟她長相一樣的女兒，也是有完全不同的感受。」

嚮導開心地瞇著眼說：

「不過很遺憾的是，今天跟明天都沒有半個預定『生產』的孩子，所以無法讓奇諾見識到讓人感動的那一瞬間。這倒是唯一美中不足的地方。」

結束了教室的觀摩，奇諾他們回到了待客室。

嚮導說最後還要告訴奇諾一個情報。

「其實我們國家有個很大的弱點。」

他面色凝重地如此說道。

「弱點？」

奇諾問道。

「是的，那就是疾病。我們會在妳入境時那麼慎重檢查妳的血液，為的就是防止讓不存在於本國或是無法治療的疾病入侵。即使那在妳生長的國家是平常人都會罹患的疾病，但是在這個國家卻可能對『我們兩種人』造成致命的傷害。這個意思妳懂嗎？」

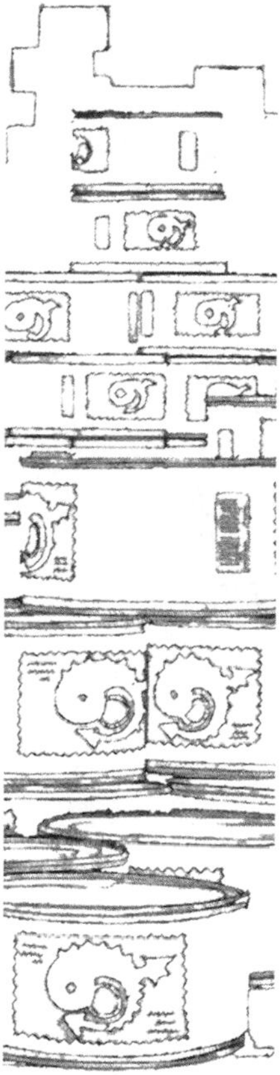

嚮導丟出謎題，奇諾一面慢慢確認一面回答。

「……也就是說，因為大家都一模一樣，要是某人罹患某種疾病，大家都有得病的危險性。而且可能因為一種病而導致相同性別的人整個絕滅。」

「這就跟在同一家工廠的生產線製造的同款摩托車，會發生同一個地方故障的原理是一樣的嘛！」

漢密斯也加以補充，嚮導很滿意地點頭說：

「一點也沒錯。」

「那實際上怎麼樣呢？以前有過那種危機嗎？」

奇諾問道，嚮導搖搖頭說：

「以前還不曾發生過。我們的兩位祖先是調查過這個地方不會讓自己罹患任何疾病，才決定繁衍後代的。而我們也不會離開這片土地。所以接下來只要對偶爾入境的旅行者進行檢查就沒事了。由於我們檢查得非常徹底，至今還沒有發生過任何問題。不過將來就不確定了。」

「…………」

響導對面色凝重的奇諾說：

「別擔心，這個世界的確不是百分之百的安全，不過呢……」

「不過什麼？」

奇諾問道，嚮導微笑地說：

「只要有活下去的意志力，我們是沒那麼簡單滅亡的！」

「那麼，我的導覽到此全部結束。妳覺得如何？」

「嗯，非常有趣！我很滿意！」

「真是太好了，那奇諾妳呢？」

漢密斯說道。

奇諾輕輕地點點頭說道：

「……這是我旅行過的許多國家之中，最令我感到驚訝的了……我很高興能來到這個國家。」

嚮導鬆了口氣般地開心地說道：

「謝謝。聽到妳這麼說，我很高興能當一名嚮導。」

然後又說：

「奇諾，我通常都會回家一趟吃午餐，妳要跟我一起回去嗎？如果妳希望能趁午餐時間嚐嚐這國家的家常菜，應該能吃到比一般餐廳還美味的佳餚喲！我這算是公私不分的職權濫用啦，妳意下如何呢？」

奇諾把漢密斯推下車。同時被四個長相一樣又穿著相同服裝的女孩，以及三個長相一樣也穿著相同服裝的男孩團團圍住。

他們是在街道旁排列整齊的房舍中的一間住家門口前，等待嚮導回家的孩子們。

孩子們一看到奇諾跟漢密斯，紛紛嚷嚷起來。因為太吵了，根本聽不懂他們在說些什麼。

「好好好，謝謝你們的迎接。這位是旅行者奇諾，這位是奇諾的伙伴，也是她的摩托車漢密斯。」

嚮導說：

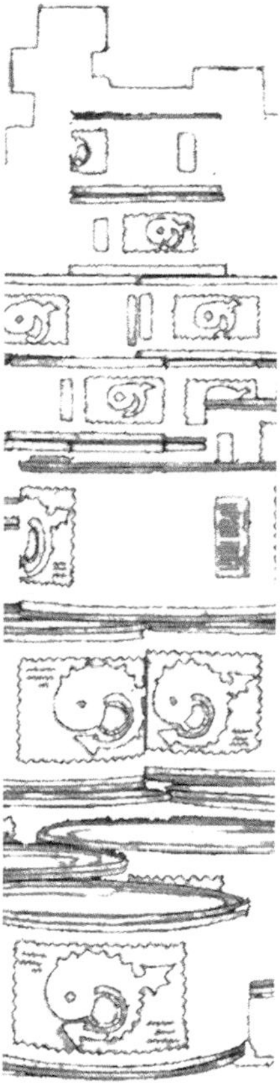

「大家向她們問好啊！」

「妳們好！」

然後就帶著還在吵鬧中的孩子們進去屋裡，一名跟所有女性長相相同的太太則穿著圍裙出來迎接。

奇諾被帶到寬廣的庭院，那裡有經過整理的美麗草地跟花木，以及大型游泳池。桌子上則擺好了菜餚。

嚮導表示要從孩子們的出生順序來介紹他們，於是孩子們便排成了一列。

「那麼，從右邊開始。長女海恩，十二歲。次女迪奧，十一歲。長子特利亞，十歲。」

被叫到名字的孩子，女生是拉起裙襬，男生則把手貼在胸前行禮。

「三女有兩個，她們是帖塔拉跟芙蕾基雅。兩個人都是九歲，是同一天出生的。」

外表完全看不出有任何不同的兩人同時行了禮。

「次子海克斯，八歲。三子赫普塔，七歲。以上就是我心愛的家人。……對了，再來是我太太。」

「哎喲，好榮幸你還記得我呢！」

太太故意諷刺嚮導。

午餐每道菜都非常可口。嚮導告訴奇諾這國家的肉類跟蔬菜都是利用複製技術生產的，因此糧食上絕不會有匱乏之虞。

悠閒地享用過甜點後，孩子們全都在庭院裡玩耍。太太對嚮導問道，「今天不必去上班嗎？」

不過嚮導依舊躺在草地上。

「今天我的工作就是陪伴旅行者，只要不被上級知道就沒事了。」

「老公！你這是公私不分，濫用職權耶！」

太太訝異地如此說道，並和奇諾相視苦笑。

而漢密斯被孩子們團團圍著，簡直被當成了一個玩具。

看著孩子們玩耍的模樣好一會兒的奇諾，對躺在草地上的嚮導說：

「如果我猜錯的話，請你見諒。現在最左邊的是海恩。再來是特利亞、赫普塔、海克斯。在摸漢密斯大燈的是帖塔拉，站在後面的是芙蕾基雅。獨自坐在椅子上喝茶的是迪奧。」

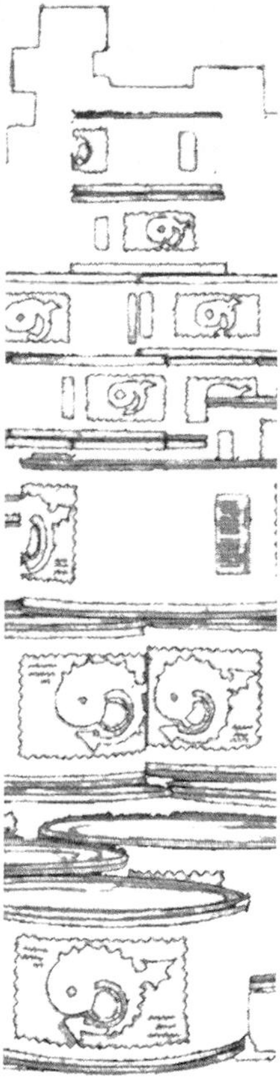

「相同臉孔之國」
— HACCP —

「…………」

嚮導跳了起來，大略看過孩子們之後說：

「……完全正確，妳怎麼分得出來？」

他露出訝異的表情看著奇諾。

「剛開始分辨不出來的時候我很不甘心，所以從吃飯的時候我就一直在觀察。不過卻讓我很訝異，因為他們吃飯的方式及一點點小動作都有差異呢！還有個性的差異，也會讓長相有些許的不同。」

奇諾如此說道，嚮導一下子接不上話來。

「…………妳、妳分析得固然沒錯，不過怎麼能在這麼短的時間……不對，應該是說奇諾妳有很細微的洞察力，我真是太佩服了。」

奇諾有些不好意思，嚮導又問她。

「對了，妳覺得哪幾個孩子最難分辨？」

「長子特利亞跟三子赫普塔。他們倆的身高沒什麼差別，臉型跟舉動也很相似。他們兩人的個性是不是都很溫和？」

「答對了，一點也沒錯。他們兩個對姊姊們都唯唯諾諾的。其實我也很怕我老婆，所以我們家裡的男生只有海克斯一個比較敢有話直說。……那妳是最先看出誰呢？」

奇諾看著站在漢密斯前面的兩人說：

「出乎意料的，是外表幾乎無法判斷的帖塔拉跟芙蕾基雅。而且芙蕾基雅總是黏在帖塔拉的後面。」

嚮導說「一點也沒錯」，然後臉色變得有點凝重。

「其實芙蕾基雅本來不可能成為我們的女兒呢。」

奇諾把臉轉向嚮導。

「這個國家不能一次申請兩個小孩，最起碼跟上一個兄弟姊妹要差一歲才行。而芙蕾基雅她……

……原本將成為她母親的一名年輕女性在她出世的前兩天意外身亡。因此同一天『生下』帖塔拉的我們才得以破例領養她。而芙蕾基雅是那名女性的名字喲！」

「原來如此……」

「當然啦，因為她跟我妻子女兒都有相同的『基因構造』，在撫養上根本就沒有任何問題。而全

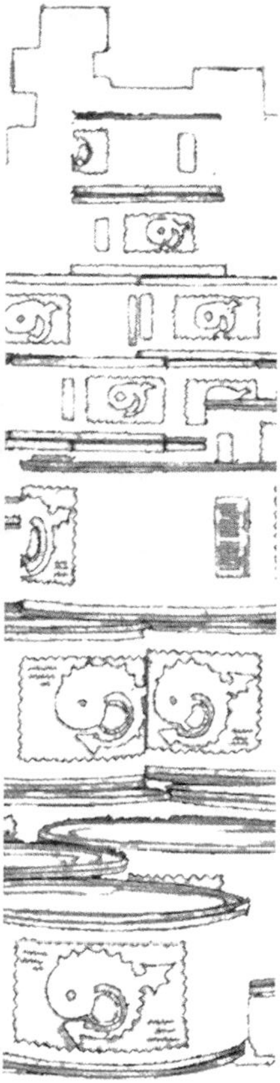

家上下也都瞭解芙蕾基雅的情況，只是說……」

「只是什麼？」

「我覺得那名年輕的女性——芙蕾基雅一定感到很遺憾吧？每次喊這個名字，我就會這麼想。所以就當做是為了彌補她的遺憾，我說什麼都要讓芙蕾基雅過得幸福。因此我常常都在思考自己到底該怎麼做，才能達到這個目的。」

「……………」

兩個人看著孩子們好一陣子，結果芙蕾基雅走了過來，而且非常難得地找爸爸陪她一起玩。嚮導則是面有難色地看著女兒。

奇諾很快地站起來說：

「我想我們應該自己在這個國家到處逛逛，所以你今天只要陪我們到此就行了。你真的幫了我們好大一個忙，謝謝你……如果我見到你的上司，我會告訴他你今天陪了我們一整天。」

嚮導很訝異地抬頭看著奇諾，奇諾則笑著說：

「只希望不要露出馬腳啦！」

隔天，也就是奇諾入境後的第三天早上。

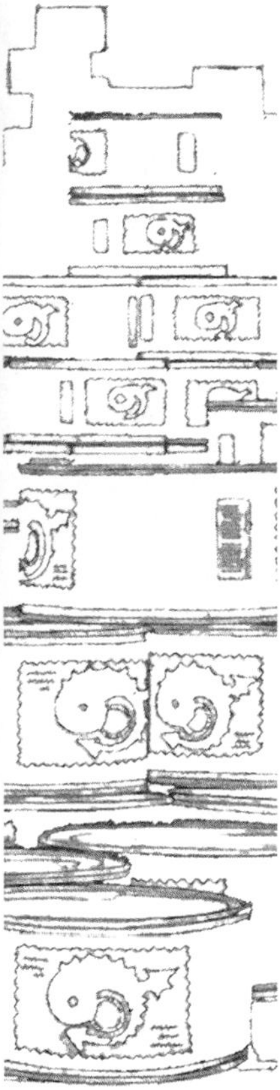

天氣依舊很好。一問才知道這國家終年都是這種天氣。

奇諾補充好漢密斯的燃料及自己要用的糧食跟飲水，出發前的準備工作就在中午前備妥。

嚮導全家人來到飯店門口，並且逐一向她們道別。嚮導特別為昨天的事感謝奇諾。

「最後，我還有件很重要的事要跟妳說。請妳務必聽清楚我接下來說的話。」

他面帶未曾有過的嚴肅表情對奇諾說。

嚮導、飯店老闆一家人，以及其他閒著沒事的人們全集合在城門後方目送旅行者離開。男人全長得一個模樣，女人也全長得一個模樣。

嚮導代表大家說：

「奇諾、漢密斯，真的非常感謝妳們這三天的停留。往後有機會經過這附近，儘管繞來這裡玩，屆時我的孩子們會熱情歡迎你們的。」

「謝謝你們！」

「謝謝，大家保重哦！」

嚮導目送著奇諾通過城門的背影，然後「吁——」一聲地嘆了口氣說：

「這樣我的嚮導工作也到此結束了……不曉得以後會不會有更多的旅行者來呢？」

聽到這句話的飯店老闆用略帶訝異的口吻說：

「別講這些了，快回去政府工作吧！你不是有很多工作要做嗎？」

老闆的太太也說：

「就是說啊，接下來有得你累了。況且你昨天不是休了半天？別老是想摸魚了，快點回你的工作崗位吧！」

被年長者批評得體無完膚的卸任嚮導則有氣無力地說：

「知道了——……」

「嗯，有意思，真的好有意思哦！」

「就是說啊！」

奇諾跟漢密斯一面背對著城牆奔馳在荒野的道路上，一面說道。

「如果有機會的話，可以再去那個國家玩呢！」

「喔？真難得妳會說這種話耶！」

摩托車揚起滾滾沙塵繼續奔馳。

此時有個人正從近距離用望遠鏡窺伺著奇諾跟漢密斯。他在土裡挖了個洞躲在裡面，並用顏色相同的布覆蓋在上面。

那個人開心地說：

「很好！確認目標平安無事！」

隔壁的人問道：

「她真是好狗運耶！沒想到她不曉得那個國家的可怕，還能夠全身而退？」

第一個人稍微抬高聲調說：

「別管那些了，我們的使命可是防止再出現被害人呢！」

然後又繼續說：

「中士，聯絡總部！要他們立刻保護旅行者！」

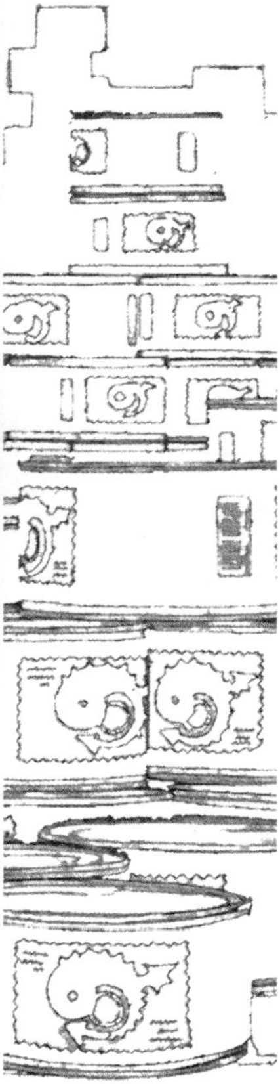

「相同臉孔之國」
— HACCP —

摩托車拼命地奔馳在位於這國家的寬廣山谷間，然後爬上了終於出現在眼前的山丘。

登上山丘後，頂端一片平坦，有三個人出現在眼前，奇諾連忙緊急剎車。

那三個人都是男的，身穿跟泥土相同顏色的衣服，甚至臉上還塗了迷彩妝。他們身上的顏色跟地面過於相似，要是躺在地上的話，鐵定會把他們輾過去的。

三個人長得都不一樣。其中一人張開空無一物的雙手，慢慢走向奇諾她們，然後說：

「旅行者，真是非常抱歉，前方暫時不能讓妳通過。」

「為什麼呢？」

奇諾問道。男人又走近一步，對她敬個禮並說：

「我們是來自遙遠南方某個國家的士兵。等一下我們要在這裡執行軍事作戰，妳在這裡太危險了。可否請妳在狀況結束之前，暫時在安全的地方等待呢？」

「如果我拒絕的話，你們也會硬把我帶走吧？」

面對奇諾的質問，士兵們點著頭說：

「一點也沒錯，因為我們受命保護妳的人身安全。」

「我知道了。其實我也很珍惜自己的生命，我會照你們的話去做的。」

奇諾話一說完，其中一名士兵便蹲下來掀開鋪在地面上的布。裡面有個洞穴，還藏著一輛小型越野車。

在這國家反方向的山丘斜坡，只要探頭就能看到整個國家的位置上有一頂大型帳篷。那裡裝設了許多望遠鏡，而士兵們也正在監視著位於山谷的國家。

奇諾跟漢密斯被恭恭敬敬地帶到這裡。

「把她們帶來了！」

「辛苦了！」

士兵敬完禮後退下，身穿軍服的中年男性向奇諾作自我介紹：

「旅行者跟摩托車，妳們好。我是這整支部隊的指揮官。如果我軍的行動對無辜的旅行者造成傷害，將會讓我國的顏面盡失。這裡是我軍的前線總部，妳們待在這裡很安全的。很抱歉要讓妳們在這裡稍做停留。」

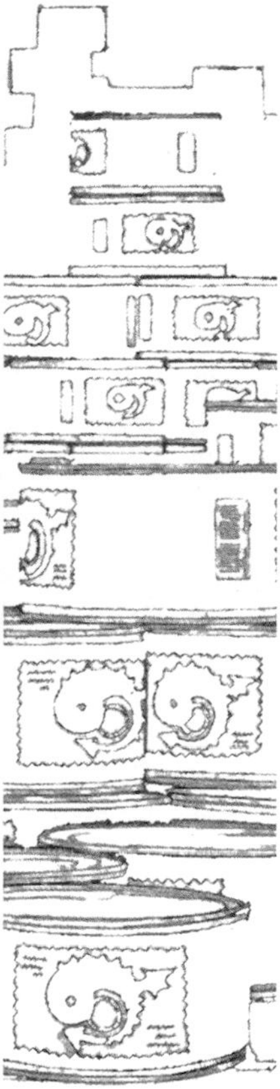

「原來如此。對了，請問你們接下來要做什麼？」

就在奇諾開口詢問的同時，一個位於帳篷下方的士兵開始用無線電發號施令。

「旅行者的安全確認無誤，準備發動砲擊！」

「砲擊？」

漢密斯問道，指揮官回答說：

「是的，現在我軍準備對位於前方山谷的國家發動砲擊，請兩位仔細看吧！」

他指的山丘坡地方向，排列著許多像土堆的物體。士兵們一個接著一個掀開砲衣，奇諾也看出那些原來都是大砲。

砲口慢慢地往上升，不久便全都瞄準山谷國家的方位。

在交錯的號令聲中，總部的氣氛也變得緊張萬分。

「所有砲台就位！」「觀測班就位！」「醫療班就位！」

「等砲擊一開始，就可以到山丘上觀摩了，那麼要開始囉……」

指揮官對奇諾這麼說，然後對部屬下令：

「開始攻擊！」

從下方的山谷傳來類似鄰居遭到雷擊的轟隆聲。所有大砲的砲口全都噴出白色的硝煙。原先在

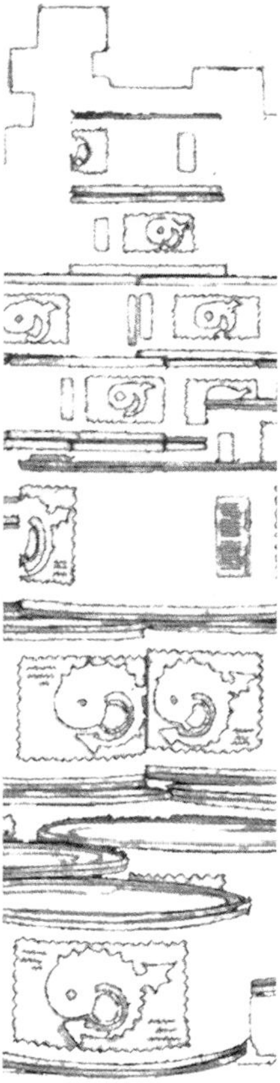

總部帳篷裡的士兵們全爬上了山丘。奇諾也騎著漢密斯上去。

遠處依稀可見的國家上空，同時綻放出黑色花朵般的雲霧。在連續的爆炸中，硝煙看起來就像一朵朵的花朵。只是要經過許久才會聽到爆炸聲。

背後不時傳來隆隆的砲聲，然後又綻放出許多花朵般的硝煙。這情景一再地反覆上演。

接下來站在奇諾旁邊觀看的指揮官，突然很客氣地對奇諾跟漢密斯進行說明。

「剛剛發射的砲彈會在空中爆裂，其細小的碎片會散落在整個射程範圍內。這能有效對付在屋外或在不堅固的房屋裡的人類。」

「…………」

不久黑色的花朵不再綻放，反倒是城牆裡好像發生了什麼激烈的爆炸。

「那是填裝了高性能火藥的砲彈，能夠破壞堅固的建築物跟裡面的人類，徹底殲滅目標。」

這一帶混雜著大砲開砲聲跟遲來的砲彈命中聲，因此非常吵雜。

奇諾大聲地對指揮官說：

「現在就算我要求你們停止轟炸，你們大概也不會停止吧？」

「那是不可能的，現在停止攻擊的話，我們可能有遭到反擊的危險。」

指揮官突然沒把話講下去，然後又接著說：

「我明白了，旅行者是不是想起有什麼東西遺留在那裡？那我們會賠償妳的，真是抱歉，害無辜的妳捲入了這場戰事。」

奇諾搖搖頭說：

「不，不必了。反正也不是什麼大不了的東西。」

指揮官露出擔心的神色看著奇諾說：

「我們在兩天前看到妳進入那個國家，原本我們是預定昨天中午要發動總攻擊的，但是又不能讓無辜的妳捲入這場戰爭，只好待在這裡等妳離境。」

指揮官一說完，奇諾接著說：

「原來如此……真是感謝你們如此為我著想，不過想請問一下，為什麼要發動砲擊呢？」

「當然是為了讓那個人民長相完全一樣的惡魔之國從這個世上消失！」

「這麼說——」

奇諾才剛要開口說話，卻被一起射擊的激烈砲聲打斷，於是她又重新說：

「這麼說，你們曾經有人去過那個國家囉？」

「是的……我國有一個旅行團曾因為迷失方向而碰巧闖進那個國家，然後就看到那可怕的景象。裡面全都是一模一樣的臉孔，還有製造人類的容器。他們拼命逃了回來，然後告訴我們這件事。不過……」

「不過什麼？」

「裡面的十個人有一個自殺了……至於其他歷劫歸來的在精神方面也受到相當嚴重的打擊，大概有兩個人因為精神崩潰而一直在醫院裡接受治療。真是可憐哪……」

「所以你們才決定要……徹底毀滅他們。」

雖然砲聲會把話打斷，但漢密斯還是把話說完。這時候開始有燃燒的黑煙從山谷國家冒出。黑煙裡仍持續發生爆炸。

「是的。為了不再有人受害，也為了防止那種恐怖行為傳播到我國或其他國家……所以旅行者，當我們看到妳們在不知情的情況下進入那個國家，我們大家真的很擔心又會出現無辜的犧牲者

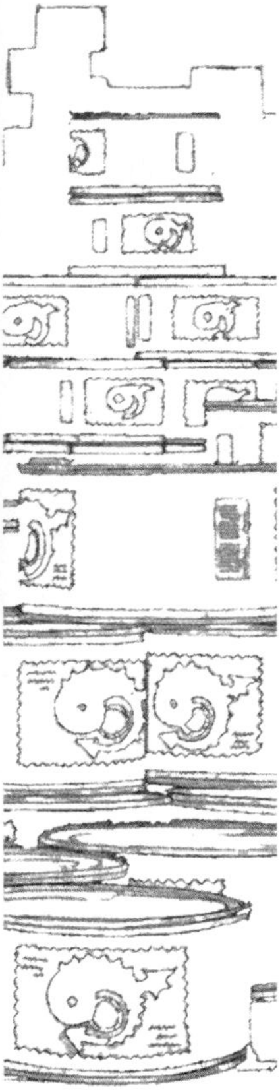

呢。但幸好妳平安無事……」

「…………」「…………」

突然間，沒有再聽到砲聲了。當最後一顆砲彈爆炸，砲聲低沉地傳開來。一切也回歸平靜。但是黑煙不斷從斷垣殘壁裡冒出，然後隨著風飄散。

「請問……結束了嗎？」

奇諾問道，指揮官回答砲擊結束了。

「『砲擊結束了』？難道還有什麼行動嗎？」

「是的，請看那邊。」

指揮官指著大砲列的後方。只見卡車正拖著拖車，上面載著一具類似工廠煙囪般的巨大圓柱。它的前端是尖的，後方還附有小型尾翼。

「是飛彈？」

漢密斯問道，指揮官點點頭說：

「我們現在要對那個國家發射這顆飛彈。因為如果留下任何一個生還者，往後就會再出現像他們那樣的傢伙。為了要確實殲滅他們，我們才費盡苦心研發出這種特殊炸彈。」

「特殊炸彈？」

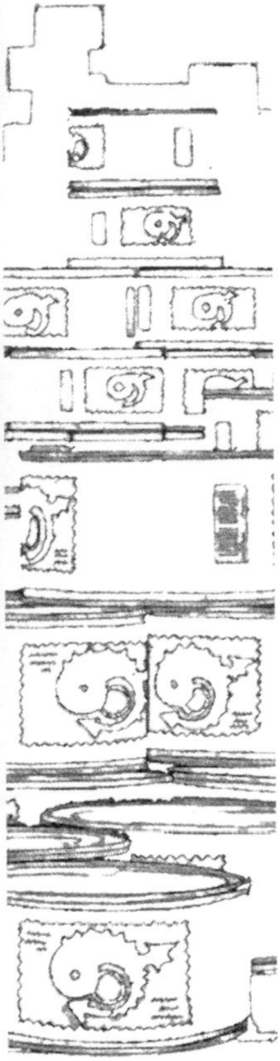

聽到奇諾的質問，指揮官的回答是：「這個就請妳拭目以待吧」。然後又補上一句：

「旅行者，勸妳還是把防風眼鏡跟頭巾戴上。」

飛彈彈頭慢慢往上升，然後指揮官下達發射的命令。

火焰和煙霧從後方的噴射口噴出，接著煙囪便隨著轟隆聲升空。

飛彈拖著煙霧的軌跡在空中飛行，並在空中一分為二。後方的部分在失去推力後墜落，前端則呈拋物線朝那國家緩緩墜落。

接著前端在墜落之前竟然裂開，噴灑出白色的液體。彷彿像撒魚網似的形成一個半圓形籠罩起整個國家。緊接著，半圓形突然化為一顆巨大的火球，將地面上的一切完全吞噬。

數秒之後，奇諾他們所在之處也感受到爆炸聲跟衝擊波的震撼。塵土四處飛揚，眼前頓時變得一片迷濛。

過了好一陣子，終於塵埃落定。之前山谷國家所在的位置已看不見任何東西。城牆也被轟得四分五裂，只見滿地的瓦礫。那裡已經被夷為平地。至於上空還冒著宛如火山爆發般的蕈狀雲。

「成功了！」

位於總部的士兵們歡聲雷動。他們開心地跳上跳下，還互相擁抱。

「哇──好厲害！剛剛那是特殊炸彈嗎？」

漢密斯問道。

「是的，沒錯。一切都非常順利。」

指揮官露出安心的表情。

奇諾則拿下頭巾問「構造是什麼？」

「看到蔓延的白色液體沒？那是燃料。我們延著國境佈滿那些燃料，稍後再利用炸彈點火。如此一來它會在一瞬間燒盡周遭的氧氣。那股壓力會把地上的所有東西壓扁。而它的高熱會燃燒生物的肺部。想必那裡連一隻蚊子都活不了了，作戰非常成功呢！」

指揮官露出開心的笑容說道，然後拿下沾滿灰塵的帽子，並輕輕拍乾淨。

「漫長的工作終於在今天大致結束了。」

他平靜地說道，並且從胸前拿出一張照片。看著那張照片，他笑得瞇起眼來。

「她們是？」

奇諾問道。

「是我女兒。」

指揮官滿臉笑容地把照片拿給奇諾看。

照片上有兩個長相一模一樣，年約十歲的女孩子，倆人都笑得很開心。

「……………」

奇諾不發一語地把照片拿給漢密斯看，然後詢問照片的主人：

「她們是雙胞胎嗎？」

「是的。是伊莉妮跟她妹妹蜜兒。」

奇諾略為苦惱地說：

「可是我……分不出她們誰是誰耶！」

指揮官很開心地說：

「哈哈哈，只要見到她們就能很快分辨出來喲！姊姊比較倔強，而妹妹的個性畏首畏尾的。」

「這樣子啊……」

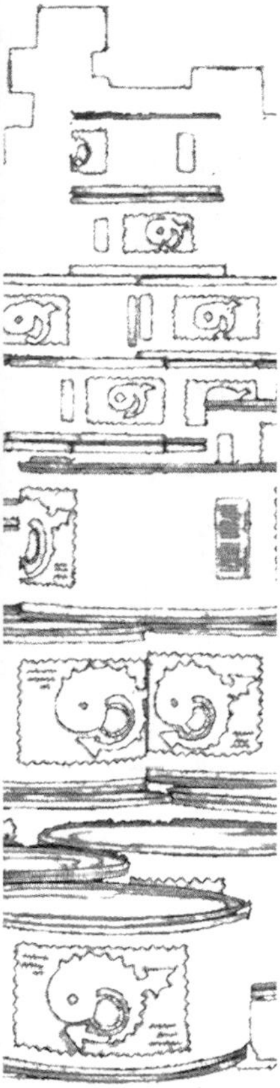

奇諾唸唸有詞地把照片還給指揮官。指揮官又看了一次照片說：

「打從這場遠征開始，我已經有半年多沒見到她們了。現在我們部隊將平安撤離回國，這下子終於可以見到她們姊妹倆了。想必她們一定長很大了吧……」

奇諾則漠然地說：

「希望你能早日回祖國擁抱你的女兒，她們一定很期盼你回去呢。」

「謝謝……旅行者，現在已經安全了，抱歉耽誤了妳那麼多時間。也非常感謝妳的配合。如果有機會到南方的話，請務必到我國一遊，屆時我女兒也會竭誠歡迎妳們的。」

奇諾笑著說：

「這主意倒是不錯。那麼我們就此告辭了。」

奇諾跟漢密斯在士兵的敬禮下轉身走出總部，並在山丘上奔馳了一會兒。

然後在看得到國家殘骸的地方停了下來，並說：

「大家保重了，謝謝你們多方面的照顧。」

「嗯，再見了。」

接著摩托車開始下山。

她們通過向她們揮手道別又滿面笑容的士兵們及大砲旁，然後就離開了。

過了幾天，這支軍隊把再也派不上用場的大砲分解，並埋進地底深處。確認周遭沒有留下任何垃圾之後，就搭著卡車回故鄉了。

至於過去曾經建立了一個國家的土地，只剩下瓦礫跟燒毀的殘骸。

經過了五十天，廢墟慢慢地被風吹來的塵土掩蓋，並且跟大地染上相同的顏色。

又過了五十天左右的某個早晨。

廢墟地面的瓦礫跟塵土突然被撥開，似乎有什麼東西跳了出來。

是跟房屋一樣大小的正方形水泥塊。上面還有扇門，門打開了。

從裡面走出一大群長得一個模樣的男人跟長得一個模樣的女人。他們抬頭仰望天空，並露出了

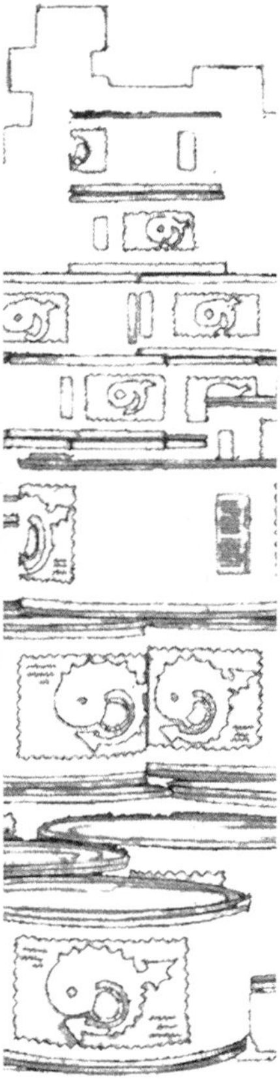

笑容。

擔任奇諾嚮導的男人也跟他的妻兒一起走出來。

「小心地上的瓦礫，不要被絆倒了！」

男人如此叮嚀，而他的孩子們則開心地又蹦又跳。

「哇～好久沒看到太陽了！」

「快看，全都被炸毀了～」

「哇塞～眼前一片平坦！」

緊握男人的手的芙蕾基雅抬頭看著爸爸問：

「我們還能像以前一樣在草地上玩耍嗎？」

「當然可以！森林馬上就會恢復原狀的，一下子就會恢復的！」

芙蕾基雅露出笑容，並奔向跑在前面的兄弟姐妹。

另一個長相一樣的人走到男人旁邊說：

「傷腦筋，真是破壞得有夠徹底。接下來政府有得忙了。」

男人苦笑著說：

「是啊……不曉得休假是不是又要減少了呢？」

那個人「哈哈哈哈哈！」地爽快大笑，然後又說：

「請節哀順變吧，總統閣下！身為國民的我，可是很期待你的工作表現呢！同時也希望你能夠有出色的作為！」

那個男人，也就是總統兼嚮導則聳聳肩說：

「傷腦筋，我看這世上再也找不到比你還嚴厲的上司呢！」

「啊哈哈哈哈！」

那個人邊笑邊離去。

從廢墟的出口走出許多人。男人長得一個模樣，女人也長得一個模樣。

總統兼嚮導緩緩地往廢墟望去，並且笑容滿面地說：

「只要有活下去的意志力，我們是沒那麼簡單滅亡的！」

第四話
「機器人的故事」
—One-way Mission—

第四話「機器人的故事」

— One-way Mission —

「天哪，真想不到。我竟然會在這種地方遇到人。」

在紅葉森林裡，一名老婆婆從茂密的枝葉裡探出頭來說道。老婆婆削瘦的身上圍著一條圍裙，手中提著籃子，裡面裝著滿滿的山菜跟香菇。

她遇到的是一名年輕人，年約十五歲左右。有著黑色短髮以及一雙大眼睛，長相削瘦有神。那人身穿黑色夾克，腰際繫著粗皮帶，右腿掛著掌中說服者的槍套，裡面插的是一把大口徑的左輪槍，腰後還有一把自動式的。

那人旁邊則停著一輛堆滿行李的摩托車。

「妳好。」

那人開口向她打了聲招呼。

「妳好，妳是旅行者嗎？」

老婆婆笑著問道。

「是的，我叫奇諾。這是我的伙伴漢密斯。」

這個叫做奇諾的旅行者向她介紹自己的摩托車。那輛叫做漢密斯的摩托車也「妳好」地做了個簡短的問候。然後又問：

「老婆婆，妳住在這附近嗎？」

「是的，奇諾妳們呢？」

奇諾開口說了句「倒是……」，又詢問老婆婆：

「請問這附近有國家嗎？我們打算到那個國家，可是怎麼找都找不到。請問妳是那個國家的居民嗎？」

老婆婆搖搖頭說：

「國家……沒有，這附近沒有國家。想必妳一定是走錯路了。我只是住在這森林裡而已。」

「這樣子啊，可是直到這裡都還有路啊……」

奇諾嘆了口氣。漢密斯開口說：

「眼看就要沒路了，我看還是死了這條心吧！」

老婆婆看她們一臉困擾，便輕聲詢問奇諾跟漢密斯：

「我說奇諾，今天妳們要露宿在這種地方嗎？天色已經黑了，如果不嫌棄的話，請到我工作的地方住吧！」

「工作的地方？」

面對奇諾的質問，老婆婆回答說：

「是的，我住在一戶人家家裡，替他們幫佣，現在是出來找做晚餐的食材。房子就在前面不遠處，不知妳們意下如何？」

奇諾詢問漢密斯的意見，漢密斯則一如往常地回答，「有何不可？」

「這樣啊，那就恭敬不如從命了。」

奇諾如此回覆，老婆婆則開心地說道：

「真高興，這還是初次有客人造訪呢！」

奇諾她們在老婆婆的帶領下往森林裡面走，不一會兒便看到一片沒有樹木的田地。旁邊佇立著長方型的家畜棚舍，還看到一些放養的雞隻。

田地的後面有一棟房子。

看到那棟房子，奇諾突然皺起眉頭，那棟三層樓的房子是用石頭跟磚瓦砌成的，格局很狹長，旁邊連扇窗戶都沒有。它有著路旁隨處可見的公寓外觀，但這麼一棟房屋獨自矗立在這片森林裡，與周遭的風景實在很格格不入。

「就是那一棟？」

奇諾訝異地問道。

「是呀，很棒吧？」

老婆婆答道。

不久走到了玄關，老婆婆對奇諾跟漢密斯說：

「對了對了，有件事得讓奇諾妳們先知道。」

老婆婆慢慢地把手貼在胸前，靜靜地露出一個微笑後說：

「其實我是個機器人。」

「妳是……機器人？」

奇諾驚訝地反問。

「沒錯，我看起來雖然跟人類沒兩樣，實際上卻不是人類。這個身體全都是用木頭、鐵，還有其他我不是很清楚的材質製成的。機器人是被人類製造出來替他們工作的。而我的工作就是替這家人做家事。」

「……那個……」

奇諾結結巴巴的，老婆婆又繼續說：

「我已經十分老舊，也有不少地方開始出毛病，不過還是能夠工作的。」

漢密斯問：

「這樣啊，那妳被製造得很精密嘛！請問是誰製造老婆婆的？」

老婆婆搖搖頭說：

「製造者並沒有賦予我那份情報。我所知道的是如何打掃家裡、如何洗衣服、做菜，以及說哪些故事哄小少爺睡覺……」

「…………」

「原來如此。」

奇諾沉默不語，漢密斯說道。

「那麼，我進去跟主人報告奇諾妳們的事。基本上應該是沒問題的，不過還是得先報告一聲。請妳們在這裡稍等一會兒。」

待老婆婆走進屋裡，奇諾才開口說道：

「真是出乎意料。」

「的確是出乎意料，妳打算怎麼辦？」

「看來有什麼問題也只能問『主人』了。」

正當奇諾唸唸有詞的時候，玄關的門開了。

走出來的是一個穿著襯衫、年約三十歲的高雅男性，以及和他年齡相仿，看起來像是他妻子的女性。然後她身後還躲著一個頗為害羞，年約五歲的小男孩。

老婆婆則站在中間說：

「主人，這位是旅行者奇諾跟她的摩托車漢密斯。奇諾、漢密斯，他們是我的主人、太太跟小少爺。」

「你們好。」

奇諾向他們打招呼，那「主人」緩緩露出一個微笑說：

「妳們好，旅行者及摩托車。事情的經過我已經聽婆婆說了，妳們好像迷路了是嗎？我家裡還有空房間可以住，妳們大可不必客氣。」

老婆婆欣喜地說：

「我好開心哦，真是太好了。既然這麼決定了，那得馬上去準備讓奇諾她們睡的房間才行。主人，讓她們住裡面那個房間好嗎？」

「嗯，說的也是，就交給妳去發落吧，晚餐也麻煩妳多準備一人份。」

男人說道。

「來來來，請進吧！」

老婆婆帶著奇諾她們來到了寬敞的客廳。

男人坐在沙發上看報紙，他太太跟兒子則開始玩不曉得是什麼東西的玩具。

老婆婆鞠了個躬便轉身離開。

「呃……可以請教你一些事嗎？」

奇諾開口問道，男人看著奇諾說：

「請說，什麼事呢？」

「是關於那位老婆婆的事……」

奇諾難以啟齒似地說道。

「她說自己是機器人，請問是真的嗎？」

男人輕輕點頭說：

「沒錯，是真的。她很努力工作，在我們家幫了不少忙。也多虧她的幫忙，讓我們夫婦能放心工作，也像這樣多了親子相處的時間。」

「原來如此……那我再請教你一件事。」

「什麼事？」

「這附近有國家嗎？」

聽到這個問題，男人面帶難色地說：

「這個嘛，這附近並沒有任何國家。我想旅行者妳應該是……走錯路了。不過這一帶的森林深邃，也難怪妳會搞錯方向。」

男人如此回答。奇諾又打破砂鍋地追問：

「那麼你們為什麼會住在這裡呢？」

「…………」

男人沉默了一會兒。

然後又滿臉笑容地說：

「這個嘛，這附近並沒有任何國家。我想旅行者妳應該是……走錯路了。不過這一帶的森林深邃，也難怪妳會搞錯方向。」

「這樣子啊……」

之後奇諾便不再開口問任何問題，只是默默地在漢密斯旁邊等待。

不久急促的腳步再度響起。只見老婆婆面帶笑容說：

「房間準備好了，請跟我來。」

「謝謝……那麼失陪了。」

「請慢走。」

奇諾輕輕地向他們鞠了個躬，就推著漢密斯離開客廳。

男人把報紙全看完。

然後又翻到最前面從頭開始看。

奇諾被帶到位於一樓最裡面的一間相當寬敞的房間，裡面擺放著手工製的床跟其他看似年代久遠的家具。但它們全都用清水擦拭過，每個都是一塵不染。

「這個房間漢密斯也可以一起進來，裡面有洗手間跟浴室，如果有什麼吩咐，儘管搖鈴叫我吧！我的房間就在玄關旁邊。」

奇諾向她道謝。老婆婆說她要去準備晚餐，便離開了房間。

奇諾坐在床上，把說服者跟槍套拿了下來，然後脫掉夾克。

「奇諾，現在怎麼辦？」

漢密斯問道。

「怎麼辦啊……老實說，那家人似乎不想跟我有任何牽扯的樣子。」

「機器人的故事」
—One-way Mission—

「那也難怪啦！」

「而且他們好像有很多事不願意說出來。」

「那也難怪啦！」

「不過難得老婆婆這麼好意收留我們，好歹也要待到明天再走人。」

「了解！」

沖過澡後，奇諾被招呼前去吃晚餐。

在擺設豪華餐桌的飯廳裡，那家人果然不發一語地坐著。

老婆婆很勤快地走動著，把所有料理從推車擺在桌上；有新鮮蔬菜做的沙拉、以香菇煮的肉醬湯、淋上碎蔬菜跟橄欖油的蒸雞肉、烤得微焦的溫熱麵包，及剛擺進碗裡的奶油。

「請慢用。要是我這破銅爛鐵做的菜能合妳的口味，我就很高興了。」

老婆婆行完禮便走出了房間。

男人對奇諾說：

「旅行者，千萬別客氣。」

但是那一家人卻沒有碰那些食物，只是面無表情地呆坐著。

奇諾看著他們並慢慢開始進食，但是她才品嚐一口，馬上露出讚嘆不已的表情，接著就以驚人的速度滿足地將食物一掃而空。

當奇諾快吃完時，沉默不語的一家人便端著碗盤走向飯廳旁邊。牆壁上掛了畫，他們把畫挪到一邊，露出一個蓋子般的物體。當他們打開之後，就把完全沒碰的飯菜全往那個洞裡倒。

「…………」

奇諾目睹了這個景象。

老婆婆敲敲門後走進飯廳裡來。

「味道怎麼樣？」

老婆婆問道。

「嗯，很好吃！這雞肉真是太棒了！」

「很好吃，謝謝妳總是做這麼好吃的菜。」

「好好吃哦——」

這家人口若懸河地回答。

老婆婆開心地鞠躬回禮。然後詢問奇諾。

「奇諾，妳覺得味道怎樣？」

「咦？嗯，非常可口。害我一直吃個不停呢！」

奇諾老實地回答。

「哇～我好高興哦！」

老婆婆開心地收拾碗盤，並送上甜點，然後就離開了飯廳。

奇諾很開心地吃著甜點——山莓冰沙。

至於這家人則不發一語地等奇諾吃完，然後把融化的冰沙往牆壁上的洞裡丟。

男人搖搖呼叫鈴，老婆婆進來了。

「我們先失陪了，奇諾妳請慢用。」

說完，這家人便離開了飯廳。老婆婆則開心地收拾起碗盤，並且把桌子擦乾淨。

奇諾問她有什麼可以幫忙的，老婆婆搖搖頭並反問她：

「奇諾，睡前我會送飲料過去給妳。妳喜歡喝熱巧克力嗎？」

「喜、喜歡……謝謝妳。」

奇諾如此回答，老婆婆又緩緩地搖頭說：

「不必向我道謝。」

然後瞇著她滿是皺紋的眼睛說：

「因為我很高興自己還有能力替人家做事。」

「——事情就是這樣。」

「原來如此，可是丟掉實在太浪費了吧？」

「就是說啊，我差點想求他們『給我吃』呢！」

「那麼這家人呢？」

「他們晚上好像很早休息，老婆婆還交待我不要到二樓去呢！」

「妳覺得是為什麼？」

「這個嘛，他們的確是很不尋常……，但在事情沒證實之前，還不能妄下斷論。」

「我想也是，那老婆婆呢？」

「我看她很忙的樣子……等明天再問問看吧！今天難得有床鋪可睡呢！」

「是是是，晚安──」

隔天早上。

奇諾一如往常隨黎明起床。今天天氣不錯，她稍微活動了一下筋骨，接著便開始清理說服者。

當她來到走廊，聽到廚房裡有聲音，奇諾從開著的門探頭進去，只見老婆婆正開心地準備著早餐。她把麵包的麵糰揉成圓形，用模子壓出形狀，接著在上面塗抹融化的奶油後送進烤箱，然後把大型沙漏倒過來開始計時。

奇諾輕輕敲一下門說：

「早安。」

「哎、奇諾，妳早啊！怎麼這麼早就起來了？還是我把妳吵醒了？」

「沒有，我都是這麼早起床的。對了，妳每天都像這樣在早上烤麵包嗎？」

奇諾問道，老婆婆也沒有停下手邊工作便回答：

「是啊，烤麵包是我早上起來後的第一個工作，因為需要的份量變多的呢！」

這家人起床後便坐在飯廳的椅子上。男人穿著西裝，他太太穿著套裝，兒子手上則提著小書包。

「早安奇諾，昨晚睡得還好吧？」

男人問道。

「很好，託你們的福。」

奇諾答道。

此時桌上擺滿了剛出爐的麵包、數種果醬、蜂蜜、半熟的蛋、沙拉、跟煎得香酥的培根肉。

「旅行者，請儘管吃吧。」

男人如此說道，奇諾便不客氣地把自己吃得下的份量先放在盤子裡。然後再開心地慢慢享用。

那家人跟昨晚一樣沉默地坐著。過了一陣子，一樣把那些食物全丟掉。

男人把老婆婆叫過來，並叫她幫忙提兩個人的包包。然後三個人就出門了。

老婆婆走回飯廳，並問奇諾味道怎麼樣？奇諾說：

「這是我最近吃過的早餐之中，唯一好吃到無可挑剔的。而且比任何一家飯店的都好吃。」

「哇～謝謝妳的誇獎。」

「話說回來，想請問妳一件事……」

奇諾開口問道，老婆婆停下手邊工作並回頭說：

「什麼事？」

「請問這家人是去哪裡啊？」

「——主人跟太太出去工作，他們兒子好像是去上幼稚園，從今天起每天要上四天課。」

「這樣啊，老婆婆真的是那麼說的？」

「是啊！順便告訴你，他們夫婦工作的地方不一樣，因為主人離學校比較近，所以他負責接送小孩，然後他們好像要到傍晚才會回來。」

「唉～不過我會很想問他們是在哪裡工作跟上課的耶！」

「……接下來，我們該怎麼辦呢？」

「妳不走嗎？反正繼續待下去也問不出個所以然喲！」

「嗯，那點我也有想過，不過還是再多待一下好了。」

「好是好，不過為什麼呢？」

「不好意思，是基於一個非常個人的理由……」

「什麼理由？」

奇諾推著卸下行李的漢密斯，穿著夾克準備到外面去。

已曬乾的被單在玄關旁搖曳著。老婆婆則蹲在田地裡，不曉得在做些什麼。

奇諾把漢密斯停下來，朝老婆婆走去。

「芋頭差不多可以收成了。冬天的時候，大家都很喜歡吃這個跟培根肉一起烤的焗飯。不曉得今天晚上是否可以做這道菜呢？」

「聽起來……似乎也很好吃的樣子呢！」

奇諾說道。漢密斯則唸唸有詞地小聲說：

「真被妳打敗了！」

突然間，老婆婆慢慢地站起身來。她仰望天空尋找太陽，並伸出指頭往一個角度望過去，然後一臉驚喜地對奇諾說：

「這個時候剛剛好！奇諾、漢密斯！我想帶妳們去看一個令人讚嘆的奇景，請跟我來吧！」

她沒等奇諾回答就快步往森林走去，奇諾連忙推著漢密斯在後面追趕。

森林裡有一條寬度僅容一個人行走的羊腸小徑。奇諾推著漢密斯跟在老婆婆後面。

穿過樹林沒多久，一幅壯觀的景色赫然出現在眼前。

「哇！」「好壯觀哦！」

奇諾跟漢密斯同時發出讚嘆聲。

老婆婆駐足的地方正是一座壯闊山谷的峭壁邊緣，前方已無任何立足之地，取而代之的是高聳陡峭的山崖，這個高度甚至跟山谷到對岸的距離差不多呢！

戰戰兢兢地朝谷底窺探，可以看到一座形狀細長的湖，湖水呈現鮮明的綠色。

「哇塞，真了不起。這是古時候的冰河造成的山谷吧？」

奇諾如此說道，漢密斯又接著說：

「想不到這附近有如此壯觀的景色，要是掉下去的話鐵定沒命的，下次騎車時記得要注意速度喔！」

奇諾點著頭說了聲「我知道」，然後對老婆婆說：

「謝謝妳帶我們來看這麼美麗的景色。」

老婆婆微笑著，並輕輕搖頭說：

「不，我真正想讓妳們看的並不是這個。」

奇諾露出訝異的表情，老婆婆又觀察了太陽的角度，然後說：

「差不多了，妳們仔細看谷底跟湖面吧！」

奇諾把漢密斯停在山崖邊緣，然後低頭往下看。

感覺彷彿會把人吸進去的綠色湖水，這下竟然慢慢變清澈了。

「？」

然後湖水完全變透明，也看得見它下方的谷底。

「！」「奇諾！妳看！」

奇諾屏住氣息，漢密斯則大聲嚷嚷著。

在湖水的藍色波光照耀下，一座壯觀的城市赫然出現在湖底。城裡的街道顯得井然有序，石造的房子和公寓也排列得櫛比鱗次。其中還有呈半毀狀態的高大建築物、屋頂破了個洞，類似工廠的巨型設施。一道高大厚實的城牆像是夾住這個城市似地平行聳立著。

「是個國家……」

奇諾小聲地說道。

老婆婆用平靜的口吻慢慢說道：

「那是遠古的一個國家。很遺憾的，因為某些理由遭到毀滅了。一年中唯獨在這個季節的這個時間，湖水會因為光線的關係而變清澈，然後就能像這樣清楚地看見它了。」

「…………」「…………」

「想必這國家裡曾經住過很多人吧？大多數的人大概都過著互助互愛的生活吧？不過那已經是很久以前的事了。」

「…………」「…………」

老婆婆向不發一語的奇諾跟漢密斯問道：

「怎麼樣？這國家看起來像是飄浮在半空中似的，很壯觀，也很稀奇吧？」

奇諾向下窺探著說：

「是啊……我真的很訝異……謝謝妳帶我來。」

「機器人的故事」
—One-way Mission—

「哇～我好高興哦。想不到我也能做好嚮導的工作。」

老婆婆說道。

奇諾跟準備要回家工作的老婆婆說：

「我想再多看一會兒。」

「那我先回去準備午餐，奇諾妳喜歡喝黑米湯嗎？」

「喜、喜歡。我在其他國家經常吃，尤其喜歡吃有加雞肉的。」

「那太好了，午餐我就煮這個吧！等太陽升到最高的時候，就請妳回來吧！」

老婆婆說完就回去了，而湖水隨即又染上了顏色。

「奇諾，我想妳應該發現到了。」

奇諾點了點頭。

「是啊，那個國家……應該是說那個國家的遺跡，看起來實在太新了……」

「嗯，怎麼看都不像是遠古國家的遺址。」

緩緩地將漢密斯推離山崖時，奇諾說：

「我們遍尋不著的谷中之國……該不會……不，應該就是……」

「沒錯，已經滅亡了。不過這也要怪我們問的是一個上了年紀的老爺爺，這情報實在太舊了啦！」

「只是那位老婆婆竟然會不知道，那也太奇怪了，可是她又不像在說謊……加上那家人又是那副德行，就算問他們也問不出什麼所以然吧？」

「要潛下去看看嗎？還是找別人問問看？」

漢密斯開玩笑地問奇諾。

「兩者我都不選，明天我們就準備出發吧！」

「了解！……妳說明天？……我懂了！妳想再吃一頓晚餐是吧？」

面對漢密斯的追究，奇諾毅然地回答說：

「因為還沒有過三天嘛！」

奇諾跟老婆婆一起坐在廚房裡吃午餐。

奇諾喝著黑米湯，還一面剝著剛烤好的餅乾，感激涕零地吃著。

至於老婆婆則說：

「我跟平常一樣吃這個就好。這是我最愛的食物。」

她只吃簡單的烤麵包，那還是她用剩餘的麵糰隨便揉成團狀烤出來的，然後搭配以少量蔬菜殘渣煮的湯。奇諾看著她吃那些東西。

午餐過後是下午茶時間，老婆婆開始洋洋得意地稱讚起這家人。

譬如說主人在某大食品公司擔任高階主管；太太在製造機器的公司工作，所以偶爾會比主人晚下班；小少爺的功課很好，因為個性開朗，所以在學校很受歡迎。

然後老婆婆跟奇諾說，她很高興自己是替這麼棒的家庭工作的機器人。

經過短暫的休息之後，她表示：

「好了，為了讓大家能在家裡舒適生活，接下來我得開始打掃了！」

老婆婆話一說完便馬上站了起來，可是不一會兒又摀著頭蹲了下去。

「妳沒事吧？需不需要休息一下？」
奇諾如此說道，然後準備扶她去椅子上坐，可是……
「不，我沒事。可能是油不太夠吧？——好了，我要去打掃了！」
老婆婆露出笑容說道，然後慢慢站起來。她把碗盤泡在水裡後，就走出了廚房。

「既然要再住一晚，那這機會正好。」
「真是的，再來呢？」
奇諾在玄關前照漢密斯的指示幫它做維修。她把各個地方的螺絲及螺帽再鎖緊一點，在必要的地方上油等等，然後把大燈跟油箱擦亮。
「好，非常完美！」
全部都擦乾淨之後，奇諾如此說道。
「什麼叫『好，非常完美』？奇諾，時速表還沒修好耶！」
漢密斯發出不滿的怨言，不過……
「我能了解你的心情，可是那個我不會修啦，一定要找鐘錶店才有辦法。」
聽到奇諾這麼說，漢密斯嘆口氣說：

「唉——……又得繼續忍耐下去了。」

奇諾把漢密斯推回房間。這時老婆婆剛打掃完她的房間，也把床鋪整理好了。

「哇～連漢密斯也變乾淨了呢！」

「謝謝妳的讚美，不過——」

漢密斯開始發起小牢騷，把事情的經過說給老婆婆聽。結果老婆婆突然說：

「可以讓我看看那個故障的地方嗎？」

「咦？」「咦？」

「我經常在做一些繁瑣的工作，而且我又是機器人，應該可以……你們等一下，我記得主人有工具。」

老婆婆走出房間，然後又提著工具回來。

「呃——那麼就麻煩妳看一下……修不好也沒關係啦……」

老婆婆照漢密斯的指示把時速表拆開來，仔細檢查由許多細小齒輪組成的內部。接著說道：

「喔～原來這裡脫落了。」

老婆婆若無其事地說道。漢密斯大聲地說：

「好厲害哦！」

「……呃——修得好嗎？」

奇諾問道。而老婆婆的手則像熟練的鐘錶匠似的動著小鉗子。接著馬上說道：

「完成了，這樣應該就可以了。」

這下她又把被拆解的零件全組合起來。

「試試看吧，奇諾。」

奇諾推動漢密斯，時速表運作得完美無暇。

「好棒好棒！老婆婆，真是太謝謝妳了！」

漢密斯開心得不得了，而老婆婆則滿足地說：

「我只是盡我最大的能力修理而已，我也很高興能幫上忙呢！」

「好了，得準備煮晚餐了呢！」

「——親眼看過之後，我還是無法相信。」

「可是她真的修好了耶！啊～舒服多了！」

「老婆婆究竟是何方神聖啊？」

「不曉得，但她會不會真的是機器人？如果真的是，那就能解釋了。」

「不會吧？」

「我想也是，不過……」

「不過什麼？」

「我蠻討厭用這種說法形容，不過她的確是有派上用場呢。」

「是啊——」

那天的晚餐，奇諾還是吃得精光，那家人也依然把菜全部倒掉。

奇諾稍微提起湖底國的事，

「很抱歉，那件事太久遠了，我們並不知道。」

她只得到這個回答。

奇諾告訴他們明天即將離開，也感謝他們這幾天的招待。

「是嗎？明天啊……」

男人說道。

隔天，是奇諾停留在這個家的第三天早晨。

奇諾隨著黎明起床，在做過輕鬆的運動之後就走到外面，天色一片晴朗，空中萬里無雲。

奇諾來到廚房，可是並沒有看到老婆婆，飯廳跟客廳都遍尋不著。

她來到老婆婆的房間，看到房門微微開著，便探頭進去看。

想不到老婆婆倒臥在離房門不遠的地板上。

「！」

奇諾立刻跑過去慢慢把她扶起來。老婆婆雙眼緊閉，氣息十分微弱。

奇諾抱起老婆婆，並且讓她躺在床上。

「老婆婆，聽得到我說話嗎？」

老婆婆微微張開眼睛說：

「喔喔……奇諾，是妳呀。」

「妳昏倒在房門前了，妳知道自己的身體狀況怎麼樣嗎？」

奇諾問道，老婆婆回答說：

「知道……我非常清楚喲……看樣子我這身機器的壽命已盡，差不多要壞掉了……拜託妳，奇諾。我得跟大家道別……能否請妳帶我去他們那兒呢……？」

「不，我去叫他們過來，妳這個樣子已經沒辦法動了。我馬上回來！」

奇諾說著便轉身打開房門。只見三個人正佇立在走廊上。

「！」

這家三口什麼話也沒說，就走進房間裡。

奇諾看著他們進去，然後跑回自己的房間把漢密斯叫醒。

她把漢密斯推過來，而那家人則站在老婆婆的床邊，低頭靜靜看著她。奇諾慢慢立起漢密斯的腳架，把他停放在他們後頭。

老婆婆小聲地說：

「各位……各位……」

「是。」

「是。」

「是。」

三個人一個接一個地回答。

老婆婆緩緩地睜開眼睛，朝男人跟他太太中間空無一人的地方望去，並開口問道：

「各位……我……我對你們來說，有派上用場嗎……？」

「有。」

「有的。」

「嗯。」

男人、太太跟兒子都點著頭回答。

老婆婆緩慢地，非常緩慢地露出一個微笑，然後小聲地呢喃道：

「是嗎……真是太……好了……」

她慢慢「吁——」的一聲吐了長長的一口氣，並闔上雙眼。

接下來就再也不動了。

奇諾用手指按著老婆婆的頸部，其他三人只是佇立著。

「她已經去世了。」

一聽到奇諾這麼說，男人便回道：

「是啊。」

「她其實是人類吧？」

奇諾像要確認清楚般地詢問，男人很快地轉頭看著奇諾，然後面帶悲傷地說：

「是的。」

「我就覺得她不像是機器人。」

漢密斯說道。

「接下來你們打算怎麼做？」

面對奇諾的質問，男人答道：

「要把她埋葬起來。如果妳願意的話，一起幫個忙吧！」

奇諾他們用床單把老婆婆的遺體包裹起來。

這時候，男人從廚房拿沙漏過來，讓它被握進老婆婆貼在胸前的雙手裡。

「請跟我們來。」

男人說道。接著便和太太抬起載放遺體的擔架走出家門。他兒子則背著一個大背包，兩手隨意地拿起四把鏟子。

紅葉森林裡有條供人行走的小道。奇諾跟在老婆婆的遺體後頭推著漢密斯走。

過了不久穿過樹林後，視野也立刻變得開闊起來。只見早晨的太陽照著雄偉的山谷，斜射的陽光把綠色的湖水映照得閃閃發亮。

這家人把遺體放下，開始在山崖旁可清楚看到湖面的位置挖洞。奇諾也幫起他們的忙來。

洞挖好了，男人把遺體抱進洞裡，慢慢地讓她躺平。至於兒子則打開背包，從裡頭掏出一只人類的頭蓋骨。

那是個成人頭蓋骨，已經略微泛黃，頭部左側還嚴重破裂。男人小心翼翼地把那個頭蓋骨擺放在老婆婆的頭旁邊。然後兒子又拿出一個形狀較小的孩童頭蓋骨。男人又把它擺放在另一側。

男人對著奇諾說：

「那是她的丈夫跟兒子。」

男人從洞裡爬出來之後，便開始用鏟子揮土蓋在老婆婆的遺體上，他太太跟兒子也不發一語地照做。

奇諾也從另一頭這麼做。

有好一陣子，只聽得到晨間的鳥鳴、風吹著樹葉的沙沙聲，與為埋葬死者剷土的聲響。

站在剛堆起的墳前，奇諾默禱了許久，方才睜開眼睛。她的雙唇雖然微微顫動，但並沒有發出任何聲音。

奇諾回頭對他們一家人說：

「我們就此告辭了，非常感謝你們收留我們住宿。」

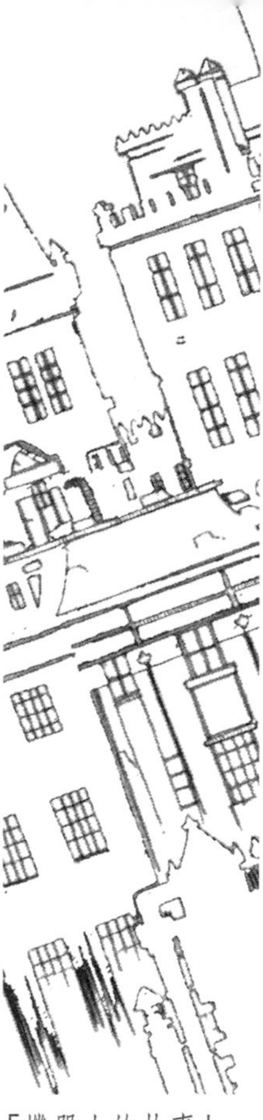

男人輕輕地微笑並開口說：

「奇諾，妳不想知道嗎？」

「知道什麼？」

「剛剛埋葬的老婆婆是誰？我們三個人是誰？湖底又是個什麼地方？」

「…………」

頓時奇諾變得沉默不語。

「怎麼樣？我能回答妳的所有疑問喔！」

太太略帶微笑並爽快地說道。

「……請務必告訴我。」

奇諾說道。

「我想知道～！」

連漢密斯也開心地說。

他們兒子的眼睛閃爍著喜悅的目光，並露出生氣勃勃的神色。這下他以大人的口吻說：

「這件事說來話長，奇諾妳不介意嗎？」

「不……不介意。」

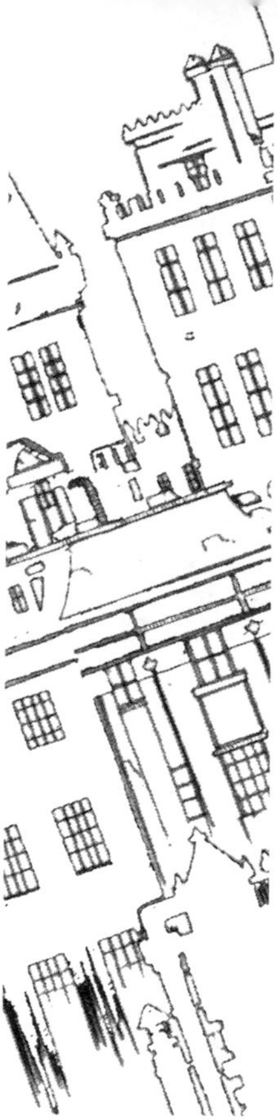

奇諾略顯驚訝地說道。

男人、女人跟小孩互相看了看對方的臉，接著又露出了微笑。

男人說：

「首先，請妳看看這個。」

說完就把兩手貼在他兒子頭上，往左轉了兩圈，便把他兒子的頭轉了下來。

「！」

奇諾的表情在一瞬間僵住了。那個兒子面帶笑容的頭跟身體之間，連接著好幾條細管子。

「難、難不成……你們全都是……」

「沒錯。」

太太說道，接著便用右手把左手拆下來提著。男人把兒子的頭裝回去之後，這次換成把自己的腦袋拆下來。

「機器人？」

聽到奇諾的質問，男人用手點頭代替回答。

奇諾訝異到兩眼圓睜，然後「吁——」的一聲吐了一口氣。

「哇——真想不到！……不過你們好逼真哦！」

漢密斯開心地說道。

奇諾坐在用腳架立著的漢密斯上面。

「我知道你們是『什麼』了。那請告訴我你們『是誰』還有從『哪裡』來，可以的話，請順便告訴我『為什麼』吧！」

「知道了。那麼，我就從國家的事開始解釋吧！」

男機器人站著說道：

「奇諾，我猜妳是聽說那國家很罕見，是個位於谷底的細長型國家，所以才來的……不過妳大概不知道，那個國家的兩支民族自建國以來就互相仇視，是個爭端不斷的國家吧？」

女機器人站著說道。

「他們不僅在政治上對立，偶爾還會引發流血事件。不過人們還是抱持著不久就會安定下來的幻想，也看清自己無處可去的現實，而繼續留在國內。」

兒童機器人站著說道：

「她就生長在那個國家。奇諾，妳想知道她的名字嗎？」

奇諾對著並排背對山崖直立不動的三人搖搖頭。

男機器人說：

「直到五十年前，她曾是那個國家的機械工程學博士。當時才三十幾歲的她，在那個世界被稱之為『百年難得一見的天才』。」

「難怪她能修好漢密斯。」「原來如此。」

奇諾跟漢密斯唸唸有詞地說道。

女機器人說：

「是的，她應該有辦法獨力製造出摩托車的所有零件唷。而且即使大小只有實物的百分之一，她也能讓它連引擎內部都運作得完美無瑕呢！」

「…………」「好厲害！」

兒童機器人說：

「她因為厭倦國家主導的研究而自行創立研究所。她的目標是製造機器人，而且是過去從沒有人嘗試過的，專為人類工作、跟人類長得一模一樣的機器人——」

男機器人說：

「她的想法是：『機器人將讓人類免於工作的束縛，最後大家就會有更充裕的空閒，什麼民族差異、搶奪狹窄的土地等等爭執，應該就會顯得微不足道了吧』？」

女機器人說：

「於是她專心研究。即使她很有能力，但是要完成性能符合她理想的機器人，並沒有那麼簡單。於是她日復一日待在研究所裡，跟摯愛的丈夫及可愛的兒子相處的時間真的是少之又少。這種情況，待在實驗箱裡的我們全看在眼裡。」

兒童機器人說：

「她只能寂寞地看著全家福照片，不停地進行研究。最後，她終於成功製造出三具性能完美的機器人。」

「原來如此。」「那就是你們對吧？」

男機器人簡短地說聲「沒錯」，接著又滔滔不絕地說：

「她欣喜異常地擁抱我們，並急著想把研究成功的消息告訴她最想先通知的人們，於是我們便連忙開車趕回她的公寓。她開心地說『希望帶給大家驚喜，所以要等到最後再揭開秘密』……但是當我們抵達的時候……她住的公寓卻不在了。只看到嚴重爆炸後的痕跡，公寓已經變成一座瓦礫殘垣。那就是民族之間的爭執所引發的恐怖攻擊。」

「…………」「…………」

女機器人瞇著眼睛繼續說：

「她跳下車子，奔向原本是公寓的斷垣殘壁。接著從一具具罹難者的屍體中尋找，最後找到了頭部破裂的丈夫跟下半身不見的兒子。然後她笑著對我們說：『好了各位，我先生跟兒子正在等著呢！我們準備慶祝吧！』——我們還沒來得及阻止，她就闖進公寓裡，結果被崩塌的瓦礫給活埋了。我們把她救出來並帶回研究室治療，原本她的狀況相當危急，但在數天後終於恢復意識，只是那已經不是當初創造我們的她了……」

兒童機器人哭喪著臉說：

「醒來之後的她問我：『現在幾點了？』當我告訴她時間，她卻說『糟糕，主人差不多快回來了，我得趕快去做晚餐才行！』然後她就想拖著受重傷的身體爬起來。我只好馬上給她注射鎮定劑，也只能那麼做……當她再次醒來的時候，又開始詢問我們：『你們是我工作的家庭嗎？』這句話她問了好幾次，逼得我們最後只好回答她，『是的，沒錯。不過妳目前還在製造中，請再稍等一陣子吧！』——我們仔細檢查她的腦部，想查出她為什麼會變成這樣？該怎麼做才能治好她？可是都檢查不出個所以然。如果是機器人，就能馬上找出故障的地方說。」

「……後來呢？」

奇諾問道。

男機器人看看女機器人跟兒童機器人，然後代表他們說：

「後來在等待她的肉體創傷恢復的那段期間，原本『微不足道』的爭執卻越演越烈。連日不斷發生恐怖炸彈事件，隨之而來的是報復的恐怖攻擊。我們擔心她的生命安危，便躲到研究所的地下室裡。過沒多久，醜陋的內亂爆發。吵鬧紛擾的日子持續不斷，最後卻突然停止了。因為人口的激減，導致這個國家無法存續下去。那些人有一段時間曾聚集成幾個團體過活，不過還是為了爭奪糧食而互相殘殺，最後大家就拋棄這個國家紛紛出走。他們的行蹤對我們來說並不重要，不過在旅行者之間並沒有蔚為話題的話，恐怕是……」

「我想也是。」

奇諾點頭贊同。

「我們把她帶出地上來。她笑著這麼說，『天哪，怎麼會亂成這樣？看來若是能把這裡清乾淨，會很有成就感呢！』我們跟她說，『不必了，我們打算搬家。要搬到山谷上面的森林裡，一個非常適合居住的地方。就請妳在那裡替我們工作吧！』——在從那時起的五十四年又三百四十一天裡，我們一直扮演著這個不自然的家庭。」

「原來如此……」

奇諾說道。

「那座湖呢？」

漢密斯問道。

「為了不讓她想起痛苦的回憶，我們造了一座水壩將它淹沒，只是我們萬萬沒想到湖水竟然會變清澈。」

「機器人的故事」
—One-way Mission—

「你們早就知道老婆婆的身體越來越虛弱了嗎？」

聽到奇諾的質問，機器人答道：

「是的，我們經常掃瞄她的健康狀態……不過唯獨老化這點讓我們束手無策。我們真的幫不上忙。」

奇諾對把來龍去脈解釋清楚的機器人說：

「我已經沒有問題要問了，我們把行李堆好就馬上出發。」

就在那一瞬間，三個機器人異口同聲地說：

「我們被她創造出來，為了人類……對，為了她而工作。可是我們的職責已經結束了……不過！我們的工作卻只有這麼一個！奇諾，不曉得我們能幫妳什麼忙？請妳儘管吩咐，要是沒有替人類做些什麼事，我們就沒有存在的理由啊！如果只是毫無目的地活在這個世上，那是很痛苦的事啊！」

奇諾回答：

「不，我沒什麼需要你們幫忙的。」

「請妳不要這麼說！一定有吧？我們能給妳幫助，成為妳生命中必要的一員；成為妳的朋友、成為妳的親人、成為妳的孩子、成為妳的戀人、成為妳的僕人、成為妳的敵人。」

「……很抱歉，我沒興趣。」

奇諾面無表情地回答。

「難、難道妳心裡沒有任何重視的對象嗎？」

他們異口同聲地問道。

「現在除了我自己，真的是沒有。」

「怎麼可能！如果內心沒有重視的對象，不覺得人生很寂寞、很空虛嗎？人類如果沒有跟某個人在一起、或為了某個人而活，不是會很痛苦嗎？」

奇諾搖搖頭說：

「這因人而異。」

他們又異口同聲地說：

「請讓我們為妳做點事吧！」

奇諾再次搖頭拒絕。

他們問：

「我們派不上用場了嗎？已經沒有用了嗎？」

奇諾不發一語地沉默著。

過沒多久，他們就唸唸有詞地說：

「是嗎？」

接著便轉身慢慢地往前走，而他們的腳下也馬上踩空，並從奇諾的視線裡消失。

過了好一會兒，傳來水花濺起的聲音。

奇諾往山崖下看去。

只見他們全仰面飄浮在那片綠色水面上。

湖水顏色漸漸變透明，同時他們也開始往下沉。

他們個個張開雙手，像是飛向綠色城鎮似地沉了下去。

第五話
「不容歧視之國」
—True Blue Sky—

第五話「不容歧視之國」

—True Blue Sky—

「總之問問那附近的人吧，奇諾。」

「說的也是……那樣的確比較保險——呃，可以請教一下嗎？」

「什麼事？哎呀，妳們應該不是這國家的人吧？」

「是的，我們正到處旅行，而且才剛剛入境貴國。」

「歡迎妳們來我們國家。」

「不過有一件事想請教妳……」

「請說，什麼事呢？」

「我們正在找×××××，請問是在這附近嗎？」

「……？妳剛剛講什麼？」

「有×××××嗎？」

「等一下，妳是在嘲笑從事那份職業的人嗎？妳當妳是誰啊！」

「咦？妳誤會了，我只是在找××××而已。」

「啊？妳說什麼……天哪，旅行者！妳要是再侮辱那些人，我可不會放過妳的！」

「…………」

「奇諾？」

「……呃——要不然我換個說法好了！」

「請妳務必那麼做！」

「呃——這個國家沒有××××嗎？或者是『請問』這裡是否有××××？我只是想知道這點而已。」

「……妳到底在講些什麼啊！妳這個人真的很過份耶！難道妳不知道那些人被妳這麼說會多難過嗎？大家快來！快過來啊！」

「咦，怎麼了？」「什麼事？」「幹嘛大聲嚷嚷的？」「怎麼啦？」「有什麼問題嗎？」

「大家聽我說，剛剛這個旅行者講了不該講的話喲！而且還好幾次使用帶有歧視意味的字眼呢！絕不能原諒她！」

「我想也沒必要這麼大聲嚷嚷吧……呃——就是妳嗎？妳就是剛剛跟這位太太講話的旅行者？」

「是的，似乎是我遣詞用字的方式不太好……」

「嗯，不過也可能這位太太反應過度。那麼，旅行者妳想問些什麼？」

「呃——我只是想問有沒有××××啦！」

「妳、妳、妳說什麼……旅行者，希望妳講這句話的時候不要一副無所謂的樣子。這明顯是在嘲笑某特定團體和職業呢！」

「那個……我是在找能夠×××××的××××××。」

「請、請妳不要再鬧了！要是妳說話再這麼粗魯，我就要採取行動了！」

「沒錯！沒錯！」「妳鬧夠了沒有！」「人渣！」

「什麼？看樣子我是×××××吧？你說呢，漢密斯？」

「奇諾，搞不好不是××××××呢？所以妳才被當成××××××呢。×××××不都是說×××××或××××××嗎？」

「天哪——！連摩托車講話都這麼過份！難怪妳們會是一對搭擋！」

「沒錯沒錯！妳們都是垃圾！沒資格活在世上！只配讓大家唾棄！妳們是不是腦袋有問題啊？」

「那個……大家可能誤會了。換句話說，我只是單純認為那種人叫做×××××而已呀。難道×××××不是×××××嗎？」

「哇——！」「聽聽妳講這什麼話！」「怎麼樣？我說的沒錯吧？」「嗯……真被她打敗了！她根本就無藥可救了！」「千萬別讓孩子們聽到！」「小朋友，快到旁邊去！」

「傷腦筋……漢密斯，你知道其他還有什麼適當的說法嗎？」

「用『×××××』來問怎麼樣？」

「是『×××××』的意思嗎？」

「哇——！過份！太過份了！想不到妳們竟然還說得出口！」

「喂，臭小鬼！不准再講那種粗話了！我命令妳們馬上閉嘴！否則……」

「否則怎樣？」

「……哼！那、那是什麼？妳想用腰際那把掌中說服者威脅我嗎？我懂了！難不成妳以為我們

會刺死妳？別開玩笑了！我才不會幹那種事呢！我只是有時候將這把小刀放在口袋裡，偶爾抵到身體不舒服，把它拿出來調整一下罷了，妳竟然以為我是想來硬的？從這件事就可以想見，妳這個混蛋是個不相信別人的可憐蟲！」

「一點也沒錯，用暴力來逼迫對方認同自己，太差勁了！」

「我想也是。從妳的言談和動作看來，過去恐怕殺了不少看不順眼的人吧？這傢伙根本就是個不把殺人當成一回事的冷血殺手！」

「沒錯，我們沒開口說話她就這樣胡言亂語……看她毫不在乎地用言語當武器來傷人，還真是個既愚蠢又可悲的缺陷動物呢！」

「那種心情我能夠深切體會。我已經超越憤怒的驅使，反而對這個人歧視性的思想感到悲哀。她的父母一定都是垃圾，沒有教好她如何分辨善惡是非。或許是她家過於貧困而沒時間教育吧！也可能她爸爸是個整天爛醉如泥的酒鬼，媽媽又跟年輕的姘頭私奔了吧！」

「原來如此……我大概瞭解你們的意思了。也就是我的××××是××××對吧？」

「奇諾，總而言之，不就是×××××？」

「妳們兩個！還在提那件事！給我滾！滾出這個國家！快點消失！我絕不容許妳們這種歧視主義者停留在這國家一秒鐘！照理說我應該替那些遭不當歧視的可憐人把妳們碎屍萬段的！不過我就

好心放妳們一馬！快點接受我們理性的慈悲滾出去吧！各位！讓我們同心協力把這些傢伙趕走！」

「沒錯！滾出去！滾出去！」「垃圾！」「殺人犯！虐待狂！」「快滾！」

「臭小鬼，嘗嘗這個吧──」

「那麼做會造成困擾的，請你住手。」

「……妳、妳瞪我幹嘛？……我、我只是把掉在腳邊的石頭撿起來而已啦！不然小孩子絆到的話會很危險的！少做這種不必要的誤解好嗎？妳這個瘋子！」

「沒錯，這個人很好心耶！我對他最瞭解不過了！只是對言行舉止都很傷人的妳來說，搞不好妳一輩子都無法理解呢！」

「滾出去！快滾！要死等離開我們國家再死！然後被蛆給吃個精光吧！這個國家沒有供妳這種歧視主義者兼暴力主義者呼吸的地方！」

「沒錯沒錯！不要污染我們的國家！不准進入這美麗的國度！妳這個骯髒的傢伙！」

「我……看了這個人的言行舉止，突然想起過去那個本著自己扭曲的思想屠殺數萬人的冷酷獨

裁者……真教人毛骨悚然！她一定是他的亡魂投胎轉世的！」
「沒錯……我說旅行者，請妳立刻離開吧！也請妳瞭解言語也可能成為傷人凶器的。而且請妳以後不准再接近這個國家，別把妳那不成體統的毛病傳染給我們！」
「沒錯，滾出去！」「快滾！」「出去！」「滾！」「快點離開啦！」「不要站在我們面前！」
「……傷腦筋。沒辦法，那麼我們就此告辭了。各位保重了，只希望××××是××××就好了。」
「哇——！」「想不到她臨走前還說這種話！」「滾出去！給我滾！」「滾！快滾！」
「那就告辭了。——我們走吧，漢密斯。」
「好！再見囉，各位！」

「——呼～終於走了，真是敗給這兩個傢伙了！」
「就是說啊，想不到世上還有這種人，實在有夠悲哀。不過畢竟她們是外地來的。」
「我想也是，像我們國家裡就不會有那麼醜陋的歧視主義者。不過藉此我們也該認清一個事實，就是對所有事物都不能太樂觀。」
「話說回來，入境審查官是在搞什麼鬼？怎麼會允許那種瘋子入境？應該把那種人直接送進精神病院才對吧？」

「說得對！」

「一點也沒錯。雖然難得有人入境，但這種時候也得堅守崗位啊！」

「不過想要求入境審查官理智一點，根本就是天方夜譚。這世上再也沒有比他們還笨的傢伙。」

「說的也是。縱使職業不分貴賤，也不能因此就歧視人家，但入境審查官是例外。他們天生就是個廢物，這也是沒辦法的事。」

「而且他們連算數都不會，不是說超過手指數目以上的算數就不會嗎？」

「啊，這我也聽說過。」

「真是有夠笨的——」

「因此他們的平均壽命也比較長。你們知道嗎，是一般國民的兩倍呢！」

「哇塞～我都不知道耶，為什麼？」

「可能是因為他們都不用大腦，所以不容易老化。問題是長壽未必就是好事啦。」

「沒錯沒錯。」「說的好！」

「像那什麼審查官，也真虧他們有辦法在城牆外那麼野蠻的環境下過活。之前我還聽說他們只在每個月領薪水要購物的時候才會進來一次呢！其餘時間就得一～直待在城牆外……真搞不懂他們一家人在幹什麼？」

「可能是他們天生野蠻吧？野蠻人不就適合待在野蠻的森林跟荒野裡嗎？」

「哈哈哈，說的好！像我們文明人就是得過文明的生活！」

「還有啊，聽說他們會跟我們國內這些普通人結婚，不過大部份都找沒有父母或親戚朋友的人當對象。而且年紀要很輕，譬如說差不多剛滿適婚年齡的。」

「天哪～那要是跟那些傢伙結婚的話，就表示不能再回來這個國家囉？」

「那些傢伙是有戀童癖的變態嗎？」「真噁心……去死吧！」

「這麼說，跟他們結婚的人就只能一個月進來一次囉？」

「哇——！實在太可怕了！雖然我不是很想知道，只是他們過的都是什麼樣的生活啊？」

「就我聽說的，那些傢伙進這國家的時候都會戴上帽子、口罩跟手套。而且就算是炎熱的夏天也絕不會拿下來。光聽這點就覺得怪不舒服的。而且就算在路上遇到熟人，也絕口不提他們過的是什麼樣的生活呢！」

「哇～好噁哦！」

「真慶幸自己沒生為那種人。」

「一點也沒錯。而且光想到生為審查官就得當一輩子的審查官，我就快瘋了。要是我，鐵定會自殺的。」

「不，法律規定人有選擇職業的自由。就算他們想在這個國家當老師也是ＯＫ的……只是說，我不認為那些傢伙能夠勝任其他工作啦！要是他們提出想從事普通工作的要求，那可就有好戲看了！」

「我可不想看！要是審查官提出想從事跟我相同職業的要求，我會跟他們說『很遺憾，你提出的文件因故遺失，所以無法受理你的要求。』我才不想被他們污染呢！」

「我想有理性的人應該都會做這種理性的判斷吧？換成我也會那麼做。不管他們考了多高分，我都會刷掉他們的。畢竟如果雇用審查官的話，會把客人都嚇跑的。」

「我說各位，別再講這些垃圾話題了。否則連我都覺得自己快被污染了。我覺得只要確實守住

自己美好的文化，繼續過我們美麗的生活就好了。根本沒必要同情這些天生不幸的人！」

「說的也是。」「這句話說的太棒了！」「我贊成！」

「好了，回去過我們的生活吧——」

城牆外的城門旁邊有個小小的崗哨。

裡頭坐著一個年約三十歲的男人，正悠悠哉哉地看書。他身上的白襯衫上繡著『入境審查官』幾個字。

奇諾敲敲崗哨的窗戶。審查官把書放在桌上站起身來，然後打開門走了出去。

奇諾問審查官：

「對不起，我現在就要出境，需要辦什麼手續呢？」

審查官說：

「不需要喲，因為妳並沒有辦理入境手續呢！」

然後又露出笑容說：

「怎麼樣？終於明白我剛剛會那麼說的理由了吧？」

奇諾點點頭。

「嗯，我徹底明白了。至今我已經到過許多國家，這個國家算是我停留最短的新紀錄呢！」

「恐怕這個紀錄是不可能被打破了，這國家的居民全都是那副德行。」

「好像是的樣子，因為他們不像在開玩笑。請問那種人真的是叫×××××嗎？」

「嗯，很久很久以前好像不是那樣。不過某段時期的領導人發布『×××××是×××××，不能變成××××』。之後就變成××××了。因此到現在一直都是×××××。或許×××××就是××××吧？」

「原來如此。」「這下我全明白了。」

奇諾點頭表示瞭解，漢密斯則是感慨萬千地嘀咕道。

「妳特地來到這個國家的說，希望沒有給妳留下什麼壞印象。」

「一點也沒有！我覺得很有趣呢！」

奇諾露出笑容說道，審查官也開心地說：

「我就知道妳會這麼說，因為每個旅行者都這麼說。」

「不容歧視之國」
—True Blue Sky—

奇諾抬頭仰望身邊高聳的城牆。

「這城牆也真高，我還是頭一次看到這麼雄偉的城牆呢！」

「我想也是。」

審查官點點頭，並抬頭仰望城牆。

他們兩人眼前的灰色城牆沒有盡頭，壁面筆直地往上延伸，然後又慢慢地彎曲延伸到對面的城牆，與之合為一體。整個國家都被籠罩在這片水泥圓頂裡。

「這個國家整個被密閉在裡頭，不過裡面的景象也真叫人訝異呢！」

「應該說，感覺上它像是一顆超級巨蛋。不過從遠處看的時候，還讓人以為是座山呢！」

漢密斯說道。

「請問是從什麼時候變成這樣的？」

奇諾問道。

「很抱歉，我也不知道。只知道從我曾曾曾祖父的時候就有了。在他遺留下來的親筆畫裡也看得到呢！」

「這樣啊……」

奇諾又再次仰望城牆。

「不過這國家好髒哦，奇諾。不，我不是說人，是說街道啦！」

一聽到漢密斯這麼說，審查官也點了好幾次頭表示贊同。

「沒錯，的確是很髒……完全想不到吧？這國家的任何角落都是那個樣子。正如你們看到的，這國家不僅是個密閉空間，基本上人民根本就毫無衛生觀念。我是不曉得他們是不是有發現到啦，只是說他們就任由生鮮垃圾及污水排放在大馬路上。而來自北方的河川，在這國家的上游是有許多魚群游動的清流，但是到了下游卻是烏漆抹黑的，連水裡有什麼東西都看不見。那些水千萬不要碰喲！這裡家家戶戶都有一大群老鼠，蟑螂也很多。」

「『蟑螂』是什麼？」

奇諾詢問審查官。審查官則伸出大姆指跟食指比劃著說：

「是一種蟲，差不多長這麼大，呈扁平橢圓形，看起來油油亮亮的，經常在廚房等地方出沒。」

「奇諾，妳沒看過蟑螂嗎？」

漢密斯問道。奇諾搖搖頭說：

「沒有。」

「那表示妳真的很幸福。要是在餐廳或臥室看到牠們四處亂竄，一定會雞皮疙瘩掉滿地的。不過在這個國家裡，牠們的存在是理所當然的。以前我還曾經在飯店餐廳的鍋子裡看到好幾隻泡在裡面……啊——別再講了！」

審查官露出痛苦的表情並搖搖手跟頭。倒是奇諾用很平常的語氣說：

「是嗎……我倒是好想看看這種從沒看過的蟲哦！」「不要說了不要說了！這世上有些東西最好永遠別看到。蟑螂就是其中之一！」

「是嗎？」

奇諾正經八百地問道，審查官則苦笑著小聲回答：「沒錯。」

然後又繼續說：

「不過就我個人而言，我還真佩服他們能在那種地方生活。要是沒有戴手套跟口罩，我是絕對無法久留的。不過……他們從出生到死亡都不曉得外面的世界長什麼樣。不過那也難怪啦，而且那樣對他們也好。畢竟他們從小就被教育成那副德行。自認為住在樂園裡的人，是不會對新天地有夢想的。」

「原來如此。」

奇諾說完，又望向城牆的另一側。

晴朗的天空下，涼風吹拂著綠意盎然的草原。往東方延伸的道路兩旁是井然有序的田地。而遠處則是一片人工種植的針葉樹黑森林。

距離城牆不遠的小河旁是審查官用木頭建造成的家，一座水車正緩緩轉個不停。看似審查官太太的女性正在曬衣服，旁邊還有兩個小孩在盪著木製鞦韆玩耍。

「這裡真是個好地方呢！」

奇諾說道。

「謝謝，我也很喜歡這裡。」

審查官小聲地說道。

「如果在這裡長住的話，奇諾妳也會變長壽哦！」

漢密斯故意開奇諾玩笑。

審查官噗哧一聲地笑著說：

「或許吧，像我們審查官基本上都還能看到孫子的臉再去世。可是國內的人民幾乎在孩子畢業，甚至還沒畢業的期間就死了。而且大多是病死的。這都是不衛生跟空氣污染的關係。老實說，裡面很危險喲！縱使沒有野獸的侵襲，也沒有敵人會發射飛彈，不過還是很危險。」

奇諾輕輕地點了好幾次頭，接著再度望向草原。

「沿著北側城牆有一條迂迴道路。當妳走到西城門前的時候，會遇到我在那兒擔任審查官的姊姊跟我外甥，妳可以在那兒停留落腳。那裡有地方供妳住宿，也可以讓妳補充攜帶糧食跟燃料喲！如果方便的話，請順便幫我轉告他們我們一家人過得很好。」

審查官對準備出發的奇諾如此說道。

「謝謝你，我會幫你轉告他們的。」

「非常感謝你多方面的幫忙。」

正當奇諾戴上帽子，準備跨上漢密斯的時候，

「奇諾，」

審查官突然開口問道：

「妳認為『真正的藍天』是什麼呢？」

「咦？」

奇諾回過頭來反問。

「我覺得『真正的藍天』只要照它字面上的意義解釋就好。」

審查官慢慢地重覆一遍。

「這是個暗示對吧？」

奇諾苦笑著說道。

審查官點點頭說：

「沒錯，妳只需要這麼去領悟就好。——這國家的人把上漆的城牆內側用許多日光燈照亮，把那當成『真正的藍天』。那麼……如果我詢問身為旅行者的奇諾對妳而言，『真正的藍天』是什麼，妳會怎麼回答呢？」

奇諾苦思一會兒之後回答：

「……這個嘛，我會回答『根本就沒有那種東西』。」

「不容歧視之國」

—True Blue Sky—

「為什麼?」

審查官立刻問道。

奇諾語氣平穩地回答:

「天空的蔚藍……是會隨著場所、時間、季節,甚至是天氣而改變的。而且每一種藍天都有它獨特的美。即使當時你不覺得它美,等過陣子再回想,反而會覺得它很美。……就我過去在許多地方看過的藍天中,認定可稱之為『真正的藍天』的,我倒沒有看過。……所以現在我會覺得『根本就沒有那種東西』。」

審查官一面凝視著奇諾一面聽著她的回答,聽完之後點了好幾次頭說:

「原來如此……想不到還有這種答案哪……」

漢密斯向唸唸有詞的審查官問道:

「有誰也問過這個問題嗎?」

「我祖父。」

審查官馬上回答。聽到這對話的奇諾突然露出訝異的表情。不過她馬上又問:

「原來如此,你祖父也問過你一樣的問題啊?」

「是的,事情就發生在我祖父臨終前,我也忘了自己當時是不是已經懂事了。不過他接著又這麼說：『找不找得到「真正的藍天」都無所謂啦』。我問他這句話到底是什麼意思，我祖父笑著說『所以我都已經跟你說這都無所謂了呀！你聽得懂也好，聽不懂也好。永別了，留古納！我可愛的孫子啊！』然後他就兩腿一伸，死了……後來我也大致瞭解『真正的藍天』的意思，只是偶爾還是會覺得不太明白……」

審查官背對著城牆，望著藍天。

「我不知道妳的答案是否正確，不過……嗯，我很高興聽到妳這麼說，謝謝妳。」

直盯著天空看的審查官這麼說。

奇諾也一樣望著天空，並靜靜地說：

「不客氣。倒是這裡的天空也藍得很美呢！」

第六話

「已經結束的故事」

—*Ten Years After*—

第六話「已經結束的故事」

—Ten Years After—

午夜三點。

結束工作的我一如往常地整理原稿，一如往常地把它放進信封袋裡，也一如往常地把它收進書桌右側最下方的抽屜裡。在編輯來拿稿子以前，它就一直被放在裡頭。

我從椅子上站起來，在房間正中央慢慢做起伸展操。從腳尖到手指尖，我做著類似拉筋體操的動作來舒展筋骨。

我發出被家裡四隻小貓兄妹一起壓住時所發出的聲音，然後再呼地放鬆力氣。做這種動作，能將我坐在書桌前振筆疾書的十幾個小時裡慢慢累積、卻被我遺忘的疲勞完全紓解出來。

我非常喜歡這種疲憊的感覺。

如果疲憊感很沉重，那我躺在床上時的沉陷方式就會有所不同。如果能讓我疲憊到深陷在床墊裡，那接下來我就能夠什麼事都不想地渡過好幾個小時。

如果沉陷感不深，彷彿身體還浮在床上的話，我腦筋就會開始轉動。並且不由自主地胡思亂想起來。

譬如說現在的工作、往後的計劃等等。如果只是想這種程度的事倒還好，要是突然讓我想到什麼新故事的題材，那就慘了，可能就暫時就沒辦法睡了。

一旦碰到那種狀況，我只好在床上用很不自然的姿勢並拿起平常擺在身旁的筆記本，拼命把接踵而來地浮現在腦海裡的事物整理成文章。結束的時候，天早已大亮了。這時候我疲憊不堪的腦子才充分體會「作家一天得寫24個小時」這句話是千真萬確的。

現在的我剛完成一篇蠻棘手的故事，也覺得夠累了，正準備倒上床休息。

我啪的一聲跳上床，悠悠哉哉地放鬆心情。發自體內的沉重感，讓我懶得去動全身上下任何部分。不過我還是用手稍微撥開長髮，免得讓我窒息。畢竟我還不想太早長眠呢。

對了，明天就去剪個頭髮吧。這頭髮一直沒整理，如今已經蠻長了呢！

這時候我突然想起自己十幾歲時，曾經剪過以女孩子來說算很短的髮型呢！

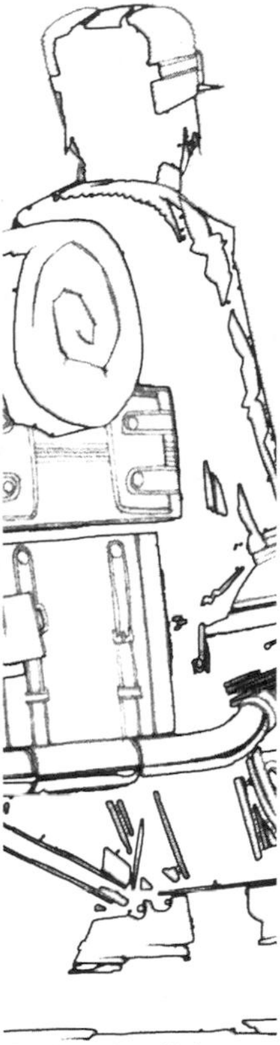

當時的我過的是與手槍和硝煙為伴的生活。

然而有一天，這種生活卻宣告結束。

不曉得那輛叫做漢密斯的高傲摩托車現在在什麼地方？做些什麼？

當他看到現在定居在某個國家又成為當紅女作家的我，不曉得會說些什麼？

對了，明天去剪頭髮吧！

雖然不至於剪得像當年那麼短，不過——明天就去剪頭髮吧！

做好這個決定之後，我也慢慢陷入沉睡。

沙灘上停放著一輛摩托車。

那是一片夾雜著岩石的沙灘，海面上散佈著大大小小的島嶼，現在一片風平浪靜，高掛在晴空的春日則慵懶地溫暖著整個世界。

沙灘上離海浪越遠處，松樹的數量就越多。結果這些松樹就形成了一片美麗茂密的松樹林。

摩托車就停在零星生長著松樹的海岸樹林裡。

上面滿載著行李；後輪兩側的置物箱上方裝有一具載貨架，綁著一只大包包跟捲起來的睡袋。為了不讓立起的腳架陷入沙裡，下面還墊了一塊木板。

摩托車左側的海岸邊，有個人正趴在地上埋伏著。那是個年輕人，年約十五歲左右。有著一頭剃到像士兵般的金色短髮，及一雙碧綠的美麗眼睛。

那人身上穿著佈滿補釘的夾克跟長褲，腳上穿著厚橡膠底的涼鞋，手上緊握著自動式掌中說服者。這把說服者裝上槍托就如同步槍一般，可以貼著肩膀跟臉頰瞄準目標物。

那人面露緊張的表情，躲在摩托車的陰影裡，注視著前方樹林的動靜。

「喂~雖然我不知道閣下是誰，不過勸妳還是別這麼做。」

摩托車開口說話了，但是那人卻沒有回答，依舊握著說服者緊盯住任何移動的東西。

「或許你們人類有什麼苦衷，可是妳為什麼偏偏要襲擊奇諾呢？」

摩托車又說話了。

「少囉嗦！」

那人就這麼回他一句。然後以稍微軟化但略帶緊張的口氣詢問摩托車：

「那個旅行者叫做奇諾是嗎？」

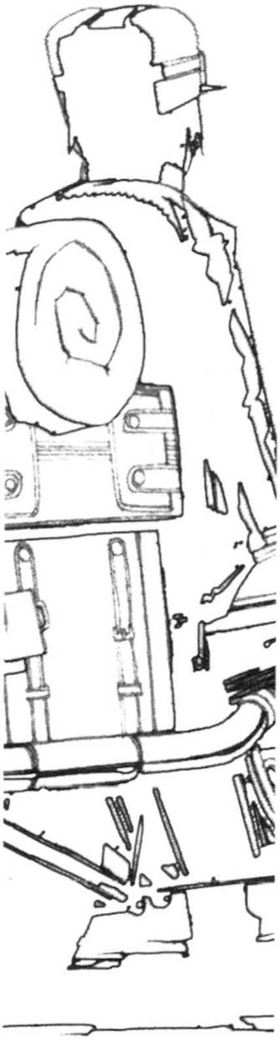

「已經結束的故事」
—Ten Years After—

「沒錯——至於我則是被妳拿來當掩體的漢密斯。」
名叫漢密斯的摩托車不慌不忙地說道，接著又說：
「總之請多多指教囉！」
「彼此彼此。我叫做伊妮德……呿，我跟你講這些廢話幹嘛！」
那個叫伊妮德的人破口大罵，不過漢密斯還是以平常心繼續對她打招呼：
「妳叫伊妮德是嗎？請多多指教。」
伊妮德並沒有理會，她稍微起身之後，從睡袋旁邊慢慢探出頭來。然後以架在肩膀上的說服者瞄準樹林開火。頓時接連響起三發清脆的槍聲，三個空彈殼彈落在沙灘上。那是扣一次扳機就能連發三顆子彈的自動式說服者。
「嘖！」
伊妮德嘖了一聲，漢密斯開口問她：
「沒打中？」
「要你管！」
「憑妳這種槍法，小心反而會被打中喲！」
伊妮德「呵！」地笑著說：

「所以你才被拿來當掩護啊，要是她打破你的輪胎，就別想旅行了不是嗎？」

「話是沒錯啦……不過如果是奇諾的話……」

漢密斯話還沒說完，突然「砰！」地響起一陣風被劃破的聲音，接著睡袋的一部分彈跳起來，裡頭的羽毛飛得滿天都是。子彈從正欲探出頭來的伊妮德耳邊劃過，白色的羽毛飄落在她的金髮上。

「一定會毫不留情地開槍喲……就像現在這樣。」

「…………」

伊妮德連忙把臉縮進來，躲到漢密斯的引擎後面避難。

「快點想辦法解決啊，伊妮德！」

「別、別叫得這麼親密啦你！」

伊妮德一面設法把頭盡量壓低一面大喊。然後又小聲地罵了一句「可惡！」

「話說回來，妳為什麼要襲擊旅行者？順便跟妳說一聲，奇諾可沒錢喲！」

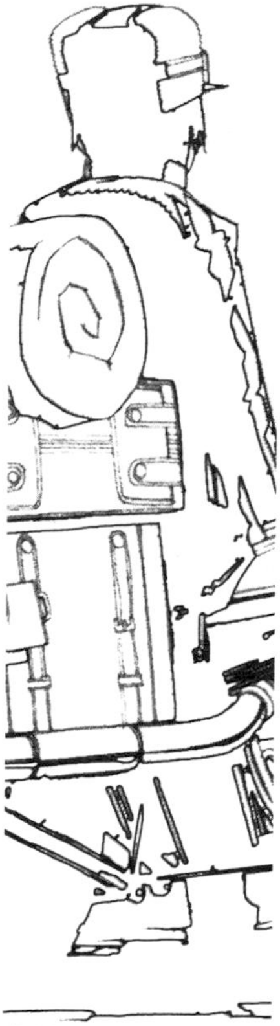

「有沒有錢都無所謂，主要的意義是在於襲擊跟搶劫。」

「這話是什麼意思？」

伊妮德並沒有回答這個問題，只見她猛然抬頭，一面追逐在樹林裡竄動的物體，一面繼續開槍。她一共進行了五次三連發的攻擊，吵雜的爆裂聲也在海岸響起十五次。

開完槍的伊妮德馬上趴下身子。她退去空彈殼，從胸前的口袋取出新子彈裝進說服者裡。

「可惡！逃進樹林裡了！」

「又沒打中？妳槍法真遜耶！」

漢密斯老實說道。

「叫你別吵沒聽到嗎？」

伊妮德氣得破口大罵。

「好了，冷靜點吧！想贏過對方，像妳這麼急躁可能不太有利喔！」

伊妮德使勁吐了一口氣，然後輕輕地甩甩頭。

「對了，妳為什麼要襲擊旅行者呢？」

漢密斯問道，伊妮德馬上回答說：

「為了向大家證明我是個狠角色。」

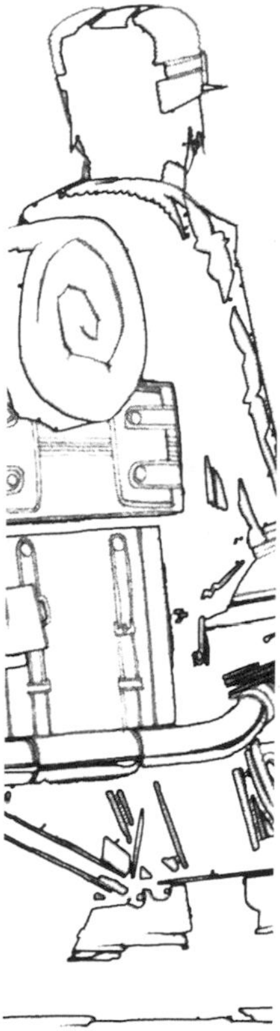

「在哪一方面？」

伊妮德依舊趴在地上，視線仍舊盯著說服者瞄準的目標說道：

「是海盜。統治這一帶的海盜自古以來有個慣例，就是想成為海盜的人，必須在十五歲生日那天接受一項測試，內容就是襲擊從當天起看到的第一個人，並奪取對方的財物，必要的話還得打倒對方。如果沒完成這項測試，這輩子就休想當海盜。」

「喔——原來如此。那如果對手很厲害呢？或是反被對方殺死怎麼辦？」

「那就要看個人的運氣了……畢竟當海盜也需要運氣，所以才藉這種方式來測試。」

「喔～我懂了。」

漢密斯佩服地說道。

「對我來說，今天就是測試的日子。唯有打倒那名旅行者，我才會受到大家的肯定。總有一天我將繼承老爸成為海盜首領，所以我怎麼能……怎麼能在這裡就失敗呢！」

伊妮德露出猙獰的表情，情緒激動地說道。

「所以妳才這麼拚命啊？」
「沒錯，我就是為了今天這一刻而生的……不管對手是什麼人，我說什麼都要贏！」
伊妮德重新握緊說服者，然後用她碧綠的眼睛從漢密斯的引擎跟輪框間注視著樹林裡的動靜。
「好了，出來吧！我隨時等著妳呢……」
伊妮德唸唸有詞三秒後，突然有什麼紅色的東西刺激著她的左眼，她連忙把臉別開，原本瞄準伊妮德眼睛的紅色光點，現在則對準她的肩頭。原來瞄準用的雷射光束早就透過非常微小的縫隙對準她這個目標了。
「！」
伊妮德很快地轉身閃過縫隙，同時樹林裡發出了槍響。
子彈並沒有打到漢密斯，也沒有打中伊妮德。倒是命中墊在漢密斯腳架下的木板，結果整塊木板彈了起來。
「哇！」
漢密斯大叫，並且因為腳架陷進沙裡而開始往左邊傾倒。
伊妮德也大叫：
「哇！」

她為了躲開往自己臉上掉落的包包跟睡袋，連忙轉身閃避。雖然她的頭免於被那些東西直接擊中，不過身體卻幾乎整個被漢密斯壓住。仰躺在地上的她，兩腿被引擎壓著。握著說服者的右手則被行李壓住。

應聲倒地的漢密斯唸唸有詞地說：

「過份……」

「唔！」

伊妮德雖然拼命掙扎想爬出去，卻只見她左手在拼命扒沙子而已。被漢密斯壓住的伊妮德根本就動彈不得。

「可惡！重死了！閃開啦你！」

伊妮德如此大吼。

「別強人所難好不好？」

漢密斯說道。

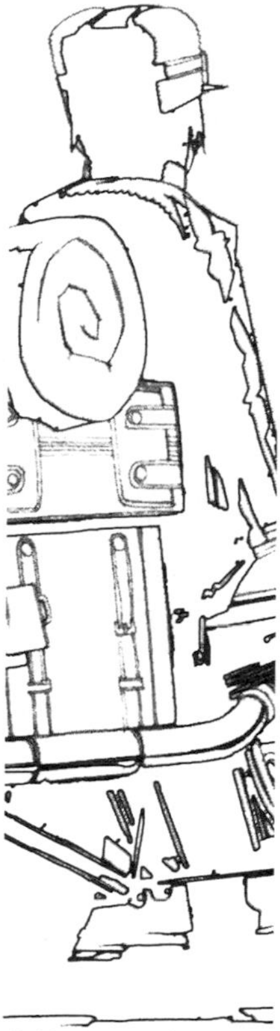

伊妮德一面仰望天空，一面拼命用力推開漢密斯。當她好不容易推動了一點點，左腳得以從引擎下抽出來的時候……

「！」

天空突然整個變暗，原來是有人正低頭看著她。因為逆光的關係，使得她看不到對方的表情，不過那個人手中卻握著一把大口徑的左輪槍對準伊妮德，而之前瞄準伊妮德的紅光則在她膝蓋附近發光。

「可惡……我上當了……原來妳有兩把手槍……」

茫然不知所措的伊妮德有氣無力地嘀咕道。

此時那個人把頭抬了起來。對方也跟她一樣是十五歲左右的年輕人，有著一頭蓬鬆的黑色短髮，身上穿著黑色夾克。

「你沒事吧，漢密斯？」

「沒事，不過睡袋破掉可不關我的事喲！奇諾妳呢？」

仍然倒在地上的漢密斯問道，名叫奇諾的人仍舊以說服者瞄準著被壓在漢密斯下面的人回答：

「我是沒事啦！」

「那就好，話說回來，請妳快點把我抬起來！」

「在那之前……」

奇諾慢慢放低視線，回瞪起伊妮德看著自己的那雙碧綠眼眸。

「哼！要開槍就快點！」

伊妮德不屑地說道。

「奇諾，我來為妳介紹！」

漢密斯簡單地說明了整件事的來龍去脈。

「原來如此，所以她才會突然攻擊我？原來是希望獲得大家肯定的……考試啊？」

奇諾這麼說，而依舊倒在地上的漢密斯則有些裝模作樣地說：

「沒錯，那是每個人都必須面臨的一種叫做『承認意思』！」

「……………。呃……是『成人儀式』吧？」

「對，就是那個！」

說完漢密斯就閉上了嘴。

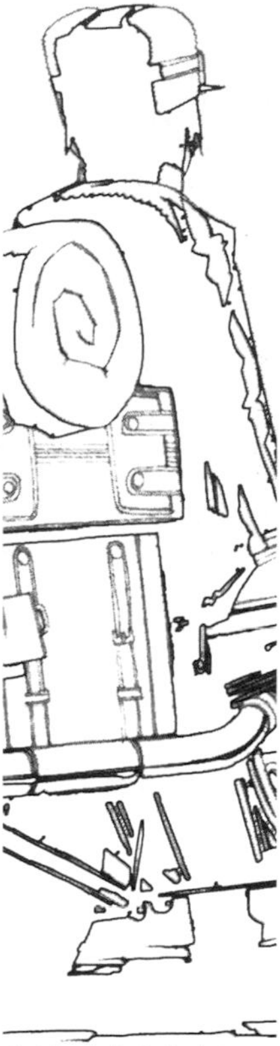

奇諾則用訝異的口吻說：

「漢密斯你最近好會硬ㄠ哦，發音完全不一樣說！」

「……有嗎？反正妳聽得懂就好了，語言不就是這麼回事？」

「不過我還是要花時間才能搞懂啊，所以——」

「是嗎？可是我覺得對於提高妳的聯想力，我算是有極大的貢獻耶——」

聽著奇諾跟漢密斯正經八百的對話，始終被壓在下面的伊妮德大聲吼道：

「妳們兩個！別把我當隱形人！」

奇諾把左輪手槍插回右腿的槍套。她拿走伊妮德的說服者，迅速地取出彈匣跟子彈，還把滑套分解，分別把它們丟得遠遠的。接下來她從掉在地上的包包裡拿出繩索，把氣得咬牙切齒的伊妮德的手腳捆綁起來。最後才把她從漢密斯下面拉出來。

奇諾把漢密斯扶正後，再設法把被打碎的木板墊在腳架下方。這段期間的伊妮德則是拚命掙扎，又拉又咬地想把繩索解開。

奇諾讓漢密斯立穩了，此時伊妮德也硬把繩索弄散，然後朝奇諾衝過去。

「看我的！」

奇諾迅速地躲開伊妮德的右直拳，同時用右手抓住她的胸口，直接賞她一個過肩摔。奇諾再使出全身的力量，用手肘朝伊妮德的心窩狠狠一撞。

「喔呃！」

伊妮德發出一陣痛苦的呻吟後，便昏死了過去。接著奇諾把躺在地上的伊妮德的雙手反綁。

「真是敗給她了……」

一聽到奇諾這麼碎碎唸，漢密斯馬上諷刺她。

「這毅力真令人欽佩，妳應該要好好向她學習才是！」

伊妮德咳了好幾聲之後起身。頂著沾滿淚水跟沙子的臉對奇諾說：

「殺了我吧！快殺了我！現在立刻動手！既然當不成海盜，我不如死了算了！殺我啊！下不了手嗎？妳這個膽小鬼！」

「我說奇諾，現在怎麼辦？」

奇諾看了一下漢密斯，板著臉搖搖頭。

「殺了我！妳打算就這樣對我置之不理嗎？混帳東西！快負起責任殺了我！」

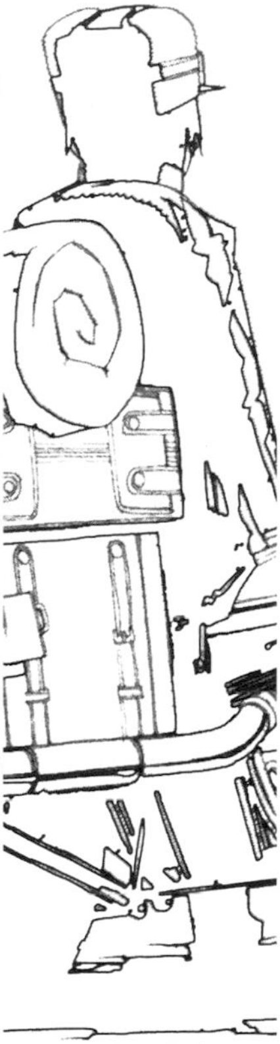

奇諾沒有理會伊妮德，逕自走到樹林裡取回另一把說服者。這支自動式的掌中說服者綁在樹叉上，雷射瞄準裝置的開關上則繫了一條長繩。奇諾把它拿下來，收回腰後的槍套裡。

當她走回來時，漢密斯正在對坐在地上低頭哭泣的伊妮德說：

「──該怎麼說呢，只能怪妳這次手氣太背、運氣不好啦！剛剛妳不也說是要『試試運氣』嗎？所以沒必要那麼失望呀。不過也難怪妳會感到失望啦，畢竟妳抱持了那麼高的目標，我也不好意思叫妳不要失望。不過妳還是得接受這個事實啊！況且妳的人生也不會就這樣結束，往後還能視自己的選擇跟當時的運氣，遇到更值得做的或更好的事也說不定──」

但伊妮德還是邊哭邊說：

「少囉嗦……不要你管……」

漢密斯不以為意地繼續說：

「妳看嘛，摩托車也是會換主人啊！碰到這種時候，我們就得被迫適應新主人截然不同的騎乘與操作方式，有時候連我們都會受不了喲！但那畢竟是身為摩托車的宿命或命運，是無法抗拒的。人類應該也會遇到類似的情形吧──」

就在奇諾嘆息的時候，她看到有艘小船從海面上一座島嶼駛來。小船以飛也似的速度直往這邊衝，漸漸也分辨得出上面幾名男人的容貌。

「那是……」

聽到奇諾這麼說，漢密斯停下剛剛那些安慰並說：

「嗯，看起來像是伊妮德的伙伴呢！」

奇諾點點頭說：

「他們來得正好，那我們要逃嗎？」

「說的也是。」

奇諾拿下夾在腰帶上的帽子跟防風眼鏡，並把它們戴上。正當她跨上漢密斯，準備發動引擎的時候……

「旅行者！請等一下！我們保證不會傷害妳！」

船上的擴音器大聲廣播著：

「這是我們的規定！請讓我對捲入這項儀式卻生還的人，做出最後的賠償！請妳不要離開！」

聲音跟船慢慢地接近。

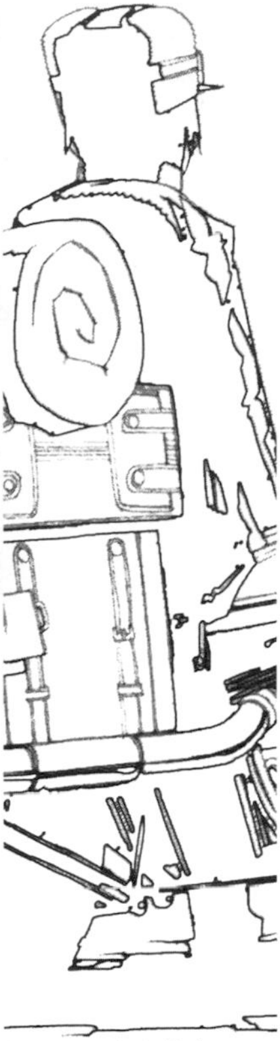

「怎麼辦，奇諾？」

漢密斯問道。

「為了以防萬一，我們還是走吧！」

奇諾正想發動引擎的時候……

「那是規定……海盜不會說謊的……」

伊妮德仍舊傷心地低著頭小聲說道。

「…………」

奇諾跨下漢密斯，把伊妮德的繩子解開。伊妮德只是把手擺在前面，神情沮喪地坐著。

船直接駛上沙灘，坐在上面的七個男人都沒有舉起說服者做防備，只是把它們扛在肩上。

他們蹲下來圍在伊妮德身邊，擔心地詢問她有沒有受傷。伊妮德沒有抬頭看他們，只是拚命地搖頭。

一名滿臉鬍鬚的中年男人走到奇諾的面前說：

「旅行者，我是海盜首領。我會遵守剛才的承諾，這些就請妳收下！」

首領從扛在肩上的袋子裡隨手抓出一堆金銀珠寶給奇諾。

奇諾說那些東西屬於其原有的主人，要是帶著它們四處旅行是會引起懷疑的，於是婉拒了他的好意。

首領表示這樣就無法把事情擺平，於是奇諾詢問是否能分些燃料跟彈藥給她。

首領命令其中一個男人從船上拿燃料桶過來，奇諾便盡量幫漢密斯把油加滿。

「非常謝謝你。」

奇諾向首領道謝，首領搖搖頭說：

「應該是我向妳道謝才對，那孩子無法成為我們的伙伴，我真的非常不甘心，不過也多虧妳的仁慈，她才能保住性命……」

接著首領詢問奇諾。

「對了，當妳把那孩子綁起來時，妳大可把她給殺了。憑妳的本事，就算大敵當前也能毫不猶豫地動手吧？可是妳並沒有那麼做，為什麼呢？」

奇諾望向依舊蹲在地上嗚咽不止的伊妮德，連那些彪形大漢也跟著她一起流淚哭泣。然後奇諾回頭看著首領說：

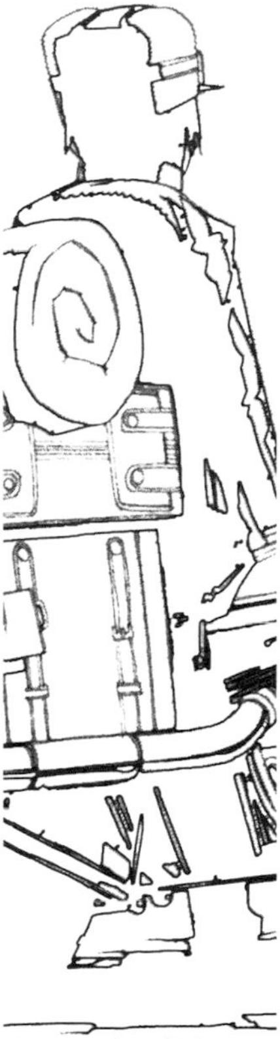

「我不知道。」

「是嗎……」

然後首領眼眶微濕地嘀咕道：

「這算是那孩子運氣好吧?她運氣太好了……就這麼認為吧!」

就這樣，我在十年前的那一天沒能當成海盜，於是我只好開始生活在跟過去截然不同的世界裡。這是個跟過去完全相同、又截然不同的世界。對於必須永遠住在那裡的我來說，這是個沉重的事實。

從聽著摩托車呼嘯而去的聲音，到跟大家搭著船回到基地，我一直哭個不停。

大家對我非常溫柔。沒有人苛責我，也沒有人嘲笑我，也沒有人表面上替我感到惋惜，但是卻暗自竊喜。我曾想過如果真的有，我鐵定會殺了他。不過我就是平安無事。

只是後來我任性地跑到一座無人島上，那是個沒水、沒食物的小島，我獨自在那裡渡過了五十天。

在那裡我什麼也沒做，只是拼命發呆，有時候還想說乾脆餓死算了。要不是大家偷偷送糧食跟飲水給我，或許我真的就餓死了呢!所以我真的很感謝他們。

後來根據不能當海盜的規定，我被秘密支援海盜的鄰國收留，以普通人的身份開始在那裡過生活。我開始上學、唸書，這些都是之前從未接觸過的。

在認識許多新奇事物之後，我心情終於開朗多了。

我比想像中還早畢業，比想像中還輕易地進入一家出版社工作。

比想像中過得還要快樂。也閱讀許多過去看都不看的書。後來還演變成自己寫作，甚至還成了我的工作。

我想，我這輩子大概都無法知道自己現在做的事是否比當海盜更有意義。

有時候聽到海盜出沒的消息或傳聞，又想到現實中的自己並不是那其中一員，不免感到有些沮喪。

但是，即使如此……現在的我已經不是過去的我了。這是永遠不會改變的事實。

後來我一直都在確認入境的旅客名單，但就是沒出現騎著名叫漢密斯的摩托車的旅行者．奇諾

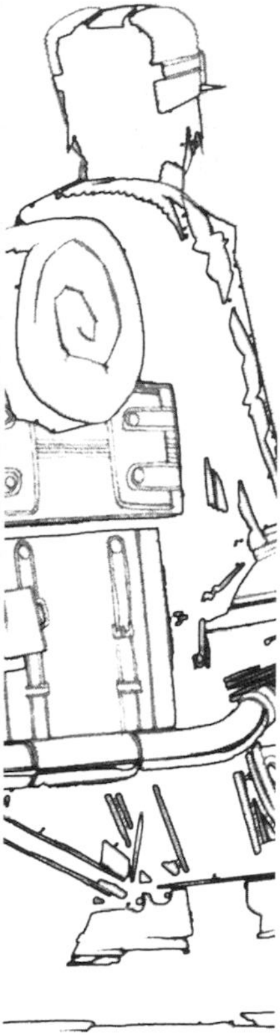

「已經結束的故事」
—Ten Years After

這個名字。

如果她們哪一天來了，我一定會竭誠歡迎的。

還是說，她們在某處遇到山賊的襲擊身亡了呢？

不過，這種事應該難不倒她們才對。

好了，出去剪頭髮吧！

雖然不至於剪得像當初那麼短，不過還是去剪頭髮吧！

尾聲「在雲霧之中・a」

—Blinder・a—

這裡是一片山岳地帶。

到處留有殘雪的山峰，綿延不斷地聳立在藍天下。

在坡度平緩又寬敞的山麓上，有著融雪形成的細長山澗、略有積水的水窪，與各種色彩鮮艷的高山植物花草。往下望去則是一整片的雲海，完全看不到下頭的景觀。

有一條路沿著山坡蜿蜒而上，是條看來經過整頓的寬敞道路。

在道路與水池之間，躺著一個個的人。有老有少，共有約三十人。旁邊還停著兩台堆滿行李的卡車。

奇諾從遠處用望遠鏡凝望這片情景。她棕色的大衣被風吹得不斷飄動。

「怎麼樣？」

停在道路上與奇諾有段距離的漢密斯問道。奇諾簡短地說：

「沒有半個會動的人。」

「他們是被殺的嗎？是被山賊或什麼殺害的嗎？」

奇諾邊看著那些人邊搖頭說：

「他們全都口吐白沫而死。而且臉色還變綠，恐怕是……」

「恐怕是什麼？」

「出於無知吧！」

「什麼？無知？」

漢密斯問道。奇諾沒再看那些人，不過卻拔起長在腳下的草，然後拿給漢密斯看。

「這種草跟生長在其他地方的屬於同種類，但是唯獨生長在高處者具有毒性。要是不知道這點，和平常一樣煮來吃的話——」

奇諾把草丟掉，看著那些躺在遠處的屍體說：

「這些人並不知道這點……事情應該是昨晚發生的吧。」

「在雲霧之中・a」
— Blinder・a —

「是嗎？結果就全死光了？」

漢密斯用既感慨又訝異的語氣說道。

奇諾瞇著眼睛說：

「我實在不太想看到這個景象耶！」

「那妳何不把眼睛閉起來？」

漢密斯故意開她玩笑地說。就在同時，強風順著山坡吹上來，把大衣的下襬吹得霹哩啪啦作響。

奇諾緊抓著大衣。當她往山腳下看，有個巨大的白色團塊正迅速地朝她移動。剎那間就將奇諾、漢密斯、以及那些屍體悉數吞噬。

眼前只剩一片茫茫白色。

後記

—Preface—

世界可不是一篇後記！

因此才會有後記這種東西。

這裡完全沒有不好的下場。

也看不到任何意義跟主題。

只聽得見緩緩翻書的聲音。

「話是沒錯……我有點懂了，可是……」

此時突然響起人類的說話聲。聽起來像個少年，但聲調略為高亢。

「妳有點懂了，又可是什麼？」

另一個像在催促對方發言的聲音響起。感覺比第一個還要年輕，聽起來像個小男生。

經過短暫的沉寂之後，第一個聲音輕輕地開口說話。口氣聽起來像在朝空無一人的地方自言自語。

「我啊，不曉得自己怎麼會有這種想法，但有時候會覺得……後記不就是情非得已加進來的垃圾文章？根本派不上用場的部份？不過，這種時候我就能感受到後記以外的東西，譬如說本文啦、插畫、或扉頁等等是多麼美麗、又多麼了不起，也覺得它們很可愛呢……所以我覺得後記為了彰顯這類事物的好，才硬加在書末的。」

停頓一會兒，她又繼續說。

「只要書裡附有後記，什麼痛苦、悲傷、靈感枯竭等問題，就註定要大量出現在未來的寫作生涯中。」

「嗯——」

「話雖如此，但我也不會想要就此不再寫後記。反正我也樂在其中，就算必須裝白癡，我也想繼續寫下去。況且……」

「況且什麼？」

「後記能夠經由編輯的判斷隨時喊停，所以我才打算繼續寫下去。」

第一個聲音斬釘截鐵地說道，接著又問：

「這樣你懂了嗎？」

「老實說，根本就不曉得妳在說什麼。」

另一個聲音答道。

「那也無所謂啦。」

「是嗎？」

「搞不好作者本身也不太懂，甚至可能感到迷惑，因此為了要更深入思索，才會寫後記的吧？」

「這樣啊——」

「好了，後記就到此結束囉！得準備想想下一集要寫些什麼題材了……下次見囉！」

「下次見。」

接著就聽到薄紙摩擦的沙沙聲，不久又恢復了寧靜。

二〇〇一年　春天　　　時雨沢惠一

Kadokawa Fantastic Novels

彩雲國物語 紅風乍現

作者／雪乃紗衣　插畫／由羅カイリ

ISBN986-7299-16-7

當荒廢政事的年輕俊美國君，遇上精打細算的貧窮貴族千金，一齣顛覆傳統的宮廷戲碼就此展開……。本作榮獲日本第一回BEANS小說賞獎勵賞・讀者賞。

彩雲國物語 黃金的約定

作者／雪乃紗衣　插畫／由羅カイリ

ISBN986-7299-36-1

彩雲國的官員紛紛因中暑而病倒，缺錢的秀麗於是男扮女裝前往宮中打零工，除了怕被國王撞見，還必須面對從不摘下面具的古怪上司!?清新宮廷小說再次登場。

彩雲國物語 紫殿花開

作者／雪乃紗衣　插畫／由羅カイリ

ISBN986-7299-92-2

秀麗成為彩雲國內首位女官員！參加彩雲國會試高中探花的秀麗，開始了正式分發前的新生訓練，種種的麻煩卻接踵而來……!?超人氣的古代宮廷劇碼爆笑登場！

聖魔之血 Reborn on the Mars I 悲歎之星

作者／吉田直　插畫／THORES柴本

ISBN986-7427-49-1

吸血鬼候爵咎勒，企圖以失落的科技兵器「悲歎之星」毀滅人類，教廷派遣的巡視神父亞伯，能阻止咎勒的企圖嗎……「聖魔之血」長篇系列R.O.M.的第一集。

聖魔之血 Rage Against the Moons I From the Empire

作者／吉田直　插畫／THORES柴本

ISBN986-7427-86-6

「聖魔之血」的前傳式短篇系列R.A.M.登場！亞伯神父在威尼斯，與真人類帝國派遣的女吸血鬼亞絲，聯手追捕逃出真人類帝國的重大罪犯……共收錄4篇故事。

聖魔之血 Reborn on the Mars II 熱砂天使

作者／吉田直　插畫／THORES柴本

ISBN986-7299-37-X

正於迦太基訪問的米蘭公爵卡特琳娜面前，出現了一名吸血鬼少年。他是帶來真人類帝國皇帝旨意的特使！史上首度和人類接觸的吸血鬼皇帝，究竟有什麼目的!?

聖魔之血 Rage Against the Moons II Silent Noise

作者／吉田直　插畫／THORES柴本

ISBN986-7299-93-0

「聖魔之血」前傳式短篇系列R.A.M.第二集登場！薔薇騎士團的坎柏菲在亞伯眼前毀掉了巴塞隆納，並宣告下一個目標就是羅馬！陷入失意的亞伯能夠守護教廷嗎？

國家圖書館出版品預行編目資料

奇諾の旅：the Beautiful World／時雨沢 惠一作
；莊湘萍譯．--初版--臺北市：臺灣國際角川，
2004-〔民93-〕冊；公分
譯自：キノの旅：the Beautiful World
ISBN 986-7664-77-9（第1冊：平裝）. --
ISBN 986-7664-95-7（第2冊：平裝）. --
ISBN 986-7427-08-4（第3冊：平裝）. --
861.57　　　　93002314

Kadokawa
Fantastic
Novels

奇諾の旅III
—the Beautiful World—

（原著名：キノの旅III—the Beautiful World—）

2004年7月22日　初版第1刷發行
2022年7月25日　初版第10刷發行

作　者：時雨沢惠一
插　畫：黑星紅白
日版設計：鎌部善彦
譯　者：莊湘萍

發行人：岩崎剛人
總編輯：蔡佩芬
編　輯：黎夢萍
美術設計：宋芳茹
印　務：李明修（主任）、張加恩（主任）、張凱棋

發行所：台灣角川股份有限公司
地　址：104台北市中山區松江路223號3樓
電　話：（02）2515-3000
傳　真：（02）2515-0033
網　址：www.kadokawa.com.tw
劃撥帳戶：台灣角川股份有限公司
劃撥帳號：19487412
法律顧問：有澤法律事務所
製　版：巨茂科技印刷有限公司
ISBN：978-986-742-708-3